アルファな敏腕マネージャー様のわかりにくい過保護な溺愛について。

Hikaru Azumi
安曇ひかる

CHARADE BUNKO

Illustration

らくたしょうこ

CONTENTS

十二月。先生や僧侶が走って回るほど忙しいから「師走」というのだと、国語の教師が言っていた。けれどすれ違う人たちは誰もが楽しそうで、血相を変えて走っている人などどこにも見当たらない。道幅いっぱいに広がって歩く女子高生たちのはしゃぎ声、ショーウインドウの前で肩を寄せ合って微笑むカップル、リボンをかけたぬいぐるみを抱えたスーツ姿の男性——。クリスマスシーズンの街は胸焼けするほどの幸せで満ち溢《あふ》れていた。

赤、緑、金に銀。色とりどりの繁華街を、拓真《たくま》は制服のポケットに手を突っ込んでとぼとぼと歩いていた。自分ひとりだけこの場所の空気に馴染《なじ》めていない。浮いているのが嫌というほどわかっているから、極力視線を上げないように地面を睨《にら》みながら歩いた。

「タクマ、ちょろちょろしちゃダメって言ってるでしょ。迷子になったらどうするの」

不意に聞こえてきた自分の名に背後を振り返ると、幼稚園児くらいの男の子が母親らしき女性に二の腕を摑《つか》まれていた。

「いい子にしていないと、サンタさん来てくれないわよ?」

「え〜、やだあ」

「そうだぞ。今だって、どこかで神さまが見ているんだからな」

笑顔で諭す男性は父親なのだろう。「え、どこどこ?」とあたりを見回すタクマの小さな身体をひょいと抱き上げた。

「人間には見えないんだよ。うーんと遠くから見ているんだ」

「とおく？　とおくって、どこ？」

「そうだなあ。お空からかな」

「おそらかあ」

父の腕に抱かれて真冬の澄んだ青空を見上げる幼子から、拓真はそっと視線を逸《そ》らす。

――神さま……か。

そういえば去年のクリスマスは何をもらったっけ。そうだ、新しく出たばかりのゲームソフトだった。一昨年は確かスニーカー。その前の年は――。

「あっ」

考え事をしていて、前から歩いてきた人とすれ違いざまに肩がぶつかってしまった。

「痛ってえな。どこ見て歩いてんだ、このガキ」

謝る前に睨みつけられた。あまり風体のよくない男だ。拓真は「ごめんなさい」と呟《つぶや》いて小さく頭を下げた。

「あ？　聞こえねえんだけど」

「……すみませんでした」

「すみませんで済むならな、警察いらねえんだよ」

陳腐な脅し文句で絡んでくる男を、拓真はちっとも怖いと思わなかった。怒鳴りたいなら怒鳴ればいいいし、殴りたいなら殴ればいい。怪我《けが》をしたところで、心配をかける家族はもうこの世にいないのだから。

日曜の昼。制服姿で繁華街をふらついている小柄な中学生に、最初に声をかけてきたのは教師でも警察官でもなくチンピラまがいの男だった。まったく運がいいのか悪いのか。

「おい、聞いてんのかガキ」

「え？　あ、はい、すみませんでした」

投げやりな返答を反抗的と捉《とら》えたのだろう、男の目の色が変わった。

「舐《な》めてんのか、ゴラ。こっち来い」

制服の襟に男の手がかかった時だ。

「ちょっと失礼」

突然の呼びかけに、拓真は男と同時に声の方を振り向いた。立っていたのはスーツ姿の若い男性だった。百六十センチ弱の拓真が見上げるほど背が高い。おそらく百八十センチを優に超えているだろう。涼しげな印象の目元に、定規でも当てたみたいに真っ直《す》ぐな鼻梁《びりょう》。意志の強さを表すようにキリッと結ばれた唇。学校の教師にも友達の兄弟にも、こんなきれいな顔をした大人はいない。

これが本物のイケメンというやつだろうか。怜悧《れいり》に整った顔を見つめながら、拓真は意味もなく「この人体温低そうだな」と思った。

「どうしました。何か揉《も》め事ですか」

感情のない声で尋ねる美形の男性に、チンピラまがいが「なんだ、てめえは」と凄《すご》む。

「舐めてんのかとか、穏やかでない台詞《せりふ》が聞こえたものですから」

「このガキとオレの話だ。てめえには関係ねえ」

「関係あるかないか、話は〝しょ〟の方でゆっくり聞かせてもらいます」

そう言って男性が内ポケットにすっと手を差し入れた。

——刑事さんだったのか。

拓真が目を見開くのとチンピラまがいが踵《きびす》を返すのと、どちらが先だったろう。男性が取り出そうとしたものを確認する前に、チンピラまがいは脱兎《だっと》のごとく逃げ去っていった。

その背中を呆然《ぼうぜん》と見送っていると、「ふっ」と微《かす》かに笑う声がした。

訝《いぶか》りながら見上げると、男性が胸ポケットからそろりと手を出した。その指に挟まれていたものに拓真は「あっ」と声を上げ、もう一度大きく目を見開いた。

彼が取り出したのは、拓真の想像とはまったく違ったものだったからだ。

「ポケットティッシュ……」

「なんだと思った？」

この場面で、警察手帳以外のものを想像する人間がいるだろうか。

「騙《だま》したんですか」

「騙した？　それは心外だな」

男性は口角をほんの少し上げた。ほんの数ミリの変化なのに、彼の纏《まと》う空気が一瞬で柔らかくなったような気がして、心臓が小さくトクンと鳴った。

「だけど、話は署でって」

「の方って言ったんだよ。それに〝しょ〟と言っても、消防署、税務署、市役所、区役所、いろいろあるからね」

悪びれる様子もなく淡々と言い訳をする男性の顔を、拓真は呆気《あっけ》に取られて見上げた。

去年観た古い映画に出てきた、天才詐欺師を思い出した。もしかして本当に詐欺師で、自分を騙そうとしているのだろうか。

――チンピラよりこの人の方がヤバかったりして。

拓真は無意識に胸元に手をやった。肌身離さず下げているお守り代わりのロザリオの感触が、薄いワイシャツを通して伝わってくる。

「ひとまずあそこに行こうか」

「え、でも」

男性は大通りの向こう側の公園を指さした。

「急いでる？」

「……いえ」

「じゃあ誰かと待ち合わせ？」

続けて質問をぶつけてくる男性に、拓真は黙って頭を振った。そうだと答えておけばよかったかもしれない。チンピラまがいの次は詐欺師まがいとは、今日はとことんついていないらしい。

「それならひとまず移動しよう。ベンチもあるみたいだし」

さあ、と促されて仕方なく歩きだした。

――なんで詐欺師と公園のベンチに……。

横を歩く男性をチラリと見上げた。左に、右に、鋭く視線を巡らせている様子に、拓真はハッとした。

――そっか。さっきの男がまだうろついているかもしれないんだ。

拓真は大企業の御曹司でも名家の跡取りでもない。どこにでもいる普通の中学生が、天才詐欺師のターゲットになるわけがない。

――この人、おれを助けてくれたんだ。

安全な場所に連れていってくれるつもりなのだと気づいた瞬間、心臓がまたトクンと鳴った。

「しばらくの間どこかのカフェにでも入っていればいいんだろうけど、今さっき会ったばかりの大人とふたりきりになるのは嫌だろ?」

俯《うつむ》いたまま黙々と歩く拓真に男性が話しかける。

「……すみません」

「謝ることはない。きみは間違っていない。むしろ繁華街で話しかけてくる知らない大人に警戒感を抱かない方が問題だ」

そうなのかもしれないけれど。

「あの」

拓真は手のひらをぎゅっと握りしめる。聞こえなかったのか、男性は周りに視線を飛ばしながらスタスタと先を急ぐ。拓真は腹の奥に力を込めた。

「あの」と少しだけ大きな声で言うと、ようやく男性が足を止めた。

「ん?」

授業で当てられた時みたいに緊張したけれど、勇気を振り絞って顔を上げた。

「あの、さっきのこと」

「うん?」

「たっ、助けてもらって、その……ありがとうございました」

消え入りそうな声で、それでもなんとか礼を告げた。すると男性は口元をふわりと和らげ
げ「どういたしまして」と微笑んだ。

「公園で、俺の話をちょっとだけ聞いてもらえるかな」

その世にも美しい横顔に見惚《みと》れながら、拓真はコクンと小さく頷《うなず》いた。

公園の入り口に設《しつら》えられた自販機の前で「何がいい？」と訊《き》かれた。黙って首を横に振ったのだけれど、男性は温かいココアを買ってくれた。本当は甘くて温かいものが飲みたかった拓真は、心の中を見透かされたような気がした。心臓がまたトクンと鳴る。

「はい、どうぞ」

並んでベンチに腰を下ろす。腰かけても男性の頭は拓真よりずっと高い位置にあった。

男性が缶を開けてくれた。節くれだった長い指に一瞬視線が吸い寄せられる。

手渡されたココアの缶は、びっくりするほど熱かった。ちょっと熱すぎないかと思ったが、すぐに自分の手が冷たくなっていたのだと気づいた。

「……いただきます」

ひと口飲むと、食道と胃袋がじんわりと温かくなっていく。手だけではなく身体の芯まで冷え切っていたらしい。傍らで男性が名刺入れから名刺を一枚取り出した。

『株式会社　北原《きたはら》エージェンシー　マネージメント部　冴島賢悟《さえじまけんご》』

小さなカードに記載されている内容を、心の中で読み上げた。

——冴島さんっていうのか……。

心の中で「冴島さん」と呟いてみたら、今度は心臓がトクトクトクと駆け足を始めた。

「突然こんなところに誘ったりしてすまなかったね。俺の名前は冴島賢悟。きみは？」

「神林《かんばやし》……拓真」

拓真くん、と冴島が呟く。彼の唇が紡ぐ自分の名前に、心臓の動きはさらに激しくなる。

――どうしちゃったんだろう、おれ。

「そこに書いてあるように『北原エージェンシー』っていう会社に勤めているんだけど、聞いたことあるかな」

拓真は俯いたままふるんと頭を振った。

「そっか。芸能事務所なんだ」

「げーのー、じむしょ……」

脳内で漢字に変換されるまで少し時間がかかった。タレントやアイドルにはあまり詳しくない。

「ネットで検索すると出てくるけど、ちゃんとした事務所だよ。大手だしね」

なぜ唐突に勤めている会社の話をするのだろう。困惑気味に顔を上げた拓真に、冴島は思いもよらない台詞を口にした。

「拓真くん、芸能界に興味ないかな」

「へっ」

虚を衝かれるって、ああいうことを言うのかなのかと後になって思った。口を半開きにして瞬《まばた》きを繰り返す拓真に、冴島は鮮やかな笑顔を向けた。

「拓真くん、モテるでしょ、女の子に」

「モッ……」

カッと頬が熱くなる。もげそうなほど頭を振ったのは、謙遜したからではない。二重《ふたえ》瞼《まぶた》の大きな瞳、長い睫毛《まつげ》、ぽてっと柔らかな唇。華奢《きやしや》で小顔な拓真は、幼い頃から『男子なのにそんなに可愛《かわい》いのズルい』と女の子たちから責められることこそあれ、モテた記憶は一度もない。

「お、おれなんて全然……」

モテる男子は他にいる。サッカー部の部長とか野球部のエースとか。芸能事務所にスカウトなどされるのは漏れなくそちら側の男子のはずなのに。

「そうかな。俺の目に狂いはないと思うんだけど」

真っ赤になった拓真の顔を、冴島が笑顔で覗《のぞ》き込む。耳まで熱くなってきて、拓真はますます深く俯いてしまう。

芸能界に入りたい。とにかく有名になりたい。アイドルになりたい、俳優になりたい、タレントになりたい——。冴島のもとには毎日のようにそんな若者たちが訪ねてくるという。そのうち事務所に入れるのは年に数名。世間に名前が知れ渡るところまで上り詰めら

れるのは、数年にひとり程度なのだと冴島は言った。

「もちろん努力も必要だ。しかしそれ以上に持って生まれたものが大きく左右する。ある意味残酷な世界だ」

冴島の表情がひややかになる。氷のような横顔はハッとするほどきれいだった。

「でも不思議なことに〝持っている〟子はわかるんだ。キラッと光る何かをね。俯いていても項垂《うなだ》れていても、俺には見える。光は隠せないんだ」

冴島が振り向く。その真っ直ぐな視線に射られたように、拓真は動けなくなる。

自分はその何かを持って生まれてきたのだろうか。隠せない光が、冴島には見えるというのだろうか。

「ここで決心してほしいとは言わない。でもちょっと考えてみてほしいんだ。ほんの少しでも興味が湧いたら連絡をくれないかな。お家の人とも相談してね」

お家の人。そのひと言で、ふわふわと宙に浮いていた拓真の心は一気に現実に引き戻された。数時間前に聞いた僧侶の読経が鼓膜の奥から蘇《よみがえ》ってくる。

——そういえばおれ、どこに向かって歩いていたんだっけ。

「よかったら拓真くんの連絡先、教えてくれる？」

冴島がポケットからスマホを取り出した。

——おれ、これからどこへ行けば……。

「もちろん悪いことに使ったりは絶対にしない。約束――」

「あの」

突然すくっと立ち上がった拓真に、冴島が語尾を呑《の》んだ。

「なくも、ないかも、です」

「え?」

「興味……芸能界に……なくも、ないかも」

スニーカーの爪先に落としていた視線をチラリと上げる。驚きに目を瞠《みは》っていた冴島がみるみる破顔する。その華やかな笑顔に、拓真はまた耳まで赤くした。

――ヤバイ。マジでヤバイ。イケメンすぎる。

ドクドクドク。ついに心臓が全力疾走を始めてしまった。

そもそもなぜこんな美形が、スカウトなんていう裏方の仕事をしているのだろう。マジヤバのイケメンなんだから、モデルでも俳優でも自分がやればいいのに。などと考えていると、視線の先にすっと何かが差し出された。冴島の手だった。

「よろしく、拓真くん」

「あ……はい」

おずおずと握り返した冴島の手は大きくて柔らかくて、そしてとても温かかった。体温は低そうだと思ったけれど、勘が外れたようだ。

じんわりと伝わってくる冴島の温《ぬく》もりを、少しでも長く感じていたいと思った。

思えばあの時すでに、恋に落ちていたのかもしれないと拓真は思う。

ひと回り年上の、美しき敏腕マネージャーに。


北英東京《ほくえいとうきょう》撮影所。都内の人気エリアに建つ国内最大級の撮影施設だ。知らずに迷い込んだら迷子になりそうな広大な敷地内に、数多くのスタジオや関連施設が点在している。

「お疲れさまです。お先に失礼します」

この日予定されていた撮影をすべて終えた拓真がぺこりと一礼すると、広々としたスタジオのあちこちから挨拶が返ってくる。

「お疲れさま～」

「お疲れ～、明日もよろしくね～」

「はぁい、よろしくお願いします」

後片づけ中のスタッフたちに見送られ、拓真は撮影棟を後にした。ふう、とひとつ大きなため息をついて空を見上げる。眩《まばゆ》い光に目の奥がツンと鈍い痛みを覚えた。

「空が……明るい」

太陽のある時間に帰宅できるのは何日ぶりだろう。このところ殺人的なスケジュールで撮影が続いていて、まともにお日さまを拝むことができなかった。

半年前、拓真は出演ドラマ『バディ！』で初めて主演と名のつく役をもらった。しかもかねてから憧《あこが》れ、尊敬している実力派俳優・佐野宮《さのみや》柊《しゅう》とのダブル主演だったのだから、それはもう狂喜乱舞した。全身全霊を傾け、柊の胸を借りるつもりで体当たりの演技をした。

当初は業界の内外から、演技経験の浅い拓真を心配する声もあったが、蓋《ふた》を開けてみれば『バディ！』は近年にない視聴率をマークする大ヒットドラマになった。柊のクールな演技と、どこか危なっかしいけれど真っ直ぐで熱い拓真の演技の対比が面白いと評判になったのだ。あっという間に続編『バディ！　2』の放映が決まり、現在その撮影が着々と進んでいるところだ。

明日の撮影は午後からだ。今夜はまとまった睡眠が取れそうだ。

「晩飯何にしよっかなぁ」

久しぶりに近所のラーメン屋に行こうか。せっかくだからニンニクと背脂増し増しにしようかな、などと目の前のプチ休暇に心躍らせていた拓真だったが。

「げっ……」

駐車場の片隅に停《と》まっているワンボックスカーを目にした途端、潰されたカエルのような声が出てしまった。正確には車そのものではなく、その前に仁王立ちしている男――冴島賢悟の世にも不機嫌な顔が目に入ったからだ。そして拓真は彼の不機嫌の理由を知っている。嫌というほど。

若干ペースを落としつつ近づいていくと、冴島は氷の女王のような冷え切った声で「早く乗れ」とひと言命じた。拓真は黙ってそれに従う。返事をしなかったのはせめてもの抵抗なのだけれど、きっと冴島は気づいていない。気にもかけていない。

――そういう人だから。

車のスライドドアを勢いよく閉めると、拓真は運転席に乗り込んだ冴島に気づかれないように、小さなため息を落とした。

今人気急上昇中の若手俳優。拓真に対する世間の評価は概《おおむ》ねそんなところだ。

五年半前、中学三年生の暮れに、繁華街をうろついていたところを冴島にスカウトされ、高校入学と同時に『北原エージェンシー』所属のタレントとなった。

とはいえこの世界に興味があったわけでも憧れていたわけでもない十五歳の演技力は、当然のごとく悲惨なものだった。学芸会でも主役を張れないレベルだったが、専属マネージャーとなった冴島に、毎日のようにミュージカル、舞台、ライブに映画にと連れ回されるうち、演じることの楽しさに開眼していった。

冴島は拓真に演技の基礎を叩《たた》き込んだだけでなく、ダンスや歌のレッスンも課した。いつどこで何が役立つかわからないのがこの世界なのだという。あちこちに痣《あざ》を作り、喉を嗄《か》らし、ふらふらになりながら様々なオーディションを受けた。来る日も来る日も落ち続け、落ち込む日々だったけれど、いつも隣に冴島がいてくれたから立ち直ることができた。

『俯いていても、項垂れていても、俺には見える。光は隠せないんだ』

あの日の冴島の言葉を信じて努力を続けた結果、拓真はついに戦隊ヒーローもの『警察総隊パトローラー』で、主役のパトレッドとして本格的に俳優デビューを果たす。およそ三年前、高校二年生の二月のことだった。その後も爽《さわ》やかでキラキラしたアイドル的ルックスでお茶の間の人気を博している。

「さっきのアレはなんだ」

ハンドルを切りながら、尖《とが》った声で冴島が尋ねる。ルームミラーに映る表情が厳しい。やっぱり怒っているのだ。

「アレって？」

「とぼけるな。坂口《さかぐち》さんに、ちょっかいかけていただろ」

「怜奈《れな》ちゃんに？　……ああ、あれ」

若手女優の坂口怜奈とは、前作からの共演だ。弾《はじ》けるような笑顔で、いつも撮影現場に明るい空気を振りまいてくれる。同い年ということもあって、彼女とのやり取りは気の置けないクラスメイトのようにフランクだ。とはいえ今日のふたりの様子は、他の共演者の目にもスタッフたちの目にも普段以上に親しげに映っただろう。もちろん冴島の目にも。

――休憩時間にポッキーゲームは、やっぱちょっとやりすぎだったかな。

「何が『ああ、あれ』だ。豊島《とよしま》さんが渋い顔してたぞ」

豊島は彼女のマネージャーだ。柱の影で苦虫を噛《か》み潰したような顔をしていたことには、もちろん気づいていた。

「豊島さん、いつでもあんな顔じゃん」

「いつにも増して渋かった」

信号が赤に変わる。ミラー越しに睨まれてちょっぴり心が躍った。怜奈に気があるわけでもなければポッキーが食べたかったわけでもない。「暇だからポッキーゲームごっこでもしよっか」と軽く誘われ、それに乗っただけだ。

断らなかった理由はただひとつ、冴島の気を引くため。

冴島が好きだ。大大大好きだ。好きが溢れて窒息しそうなくらい。

――でも冴島〝賢悟〟だもんな。賢くて悟っちゃってるんだもんな。

自分の担当している俳優と恋に落ちるなんて、天地がひっくり返ってもあり得ない。冴島の九九・九パーセントは理性でできている。難攻不落の超堅物だけど、残り〇・一パーセントの本能にかけてみたいと思ってしまう。こらえてもこらえても溢れてしまうこの気持ちを、一体どうすればいいのか拓真は知らない。

「怒った?」

――少しは妬《や》いてくれた?

尋ねる拓真を、冴島は華麗にスルーする。

「ただの遊びだよ。本当にチューしたわけじゃないんだから、そんなに怒んなくても」

「怒っているんじゃない。あまりのプロ意識のなさに呆《あき》れているんだ」

前を向いたまま、冴島はハッと短く嘆息した。

「誰がどこで見ているかわからないんだから、撮影所の中だといって気を抜くなといつも言っているはずだ」

「……わかってるよ」

「わかっているなら今後ああいう行動は慎め」

信号が青になる。感情の籠もらない口調でそう言い、冴島は静かにアクセルを踏んだ。

――マジになって怒らなくてもいいじゃん……。

ちょっぴりムッとして「あっちから誘ってきたんだ」と呟いた。届くか届かないかの小さな声に冴島が「だったらなおさらだ」と反応する。冴島の地獄耳には感嘆しかない。

「坂口さんが本気だったらどうするつもりなんだ」

少しの間の後、拓真は「は?」と瞬きをした。

「お前は遊びのつもりでも、彼女の方はそうじゃないかもしれない」

「まさか。怜奈ちゃんとは確かに気が合うけど、それだけだよ」

拓真は慌てる。怜奈と特別な関係になりたいなんて、一度も考えたこともない。

「今はそれだけでも、さっきみたいなことがきっかけでお前を異性として意識し始めないとは限らないだろ」

「そんなこと……」

「ないと言い切れるのか？　その自信はどこから来るんだ。いいか拓真」

ハンドルに手を置いたまま、冴島がミラー越しに冷たい視線をよこす。

「本気で一流の役者になりたいのなら、つまらないスキャンダルからは距離を置くことだ。何度も同じことを言わせるな」

こちらの返事も待たず、冴島はすっと視線を外してしまった。拓真は唇を噛みしめる。

――必要とあらば、勝手にスキャンダルを作り上げるくせに。

あれは半年前、『バディ！』の撮影中のことだった。拓真と柊がプライベートでも親しいのではないかという記事が週刊誌に上がり、仰天した。

【プライベートでもバディ？　佐野宮柊と神林拓真、親密交際か？】

掲載されていたのは、柊が手にしたサンドイッチを拓真が奪うようにして食べている写真だった。ロケ先で隠し撮りされたらしく、拓真が柊の手首を掴んでいるように映っているのだが、実は角度によってそう見えただけで拓真は柊の手に触れてはいなかった。

一体誰があんな写真を……？　その答えは思いもよらない人物から知らされた。

『あれは一種のバーターさ。放映中のドラマの共演者同士のスキャンダルが載れば、雑誌の売り上げは跳ね上がるからな』

業界の裏常識なのだと教えてくれたのは、他でもない柊だった。なんと柊だけでなく柊の事務所も『北原エージェンシー』も、みんな記事が載ると知っていて黙認していたのだという。当然みんなの中には冴島も含まれる。拓真は呆れと虚《むな》しさで脱力したのだった。

スキャンダルはでっち上げだったが、ロケの前後、拓真が柊に対して必要以上に親密に接したのは事実だった。言うまでもなく冴島の目を意識してのことだ。敏《さと》い冴島が気づかないはずはないのに、その反応は取りつく島もないものだった。

『お前は何をしに現場に来ているんだ。生半可な気持ちでやっているなら明日から来なくていい。代役はいくらでもいるんだからな』

ひややかな口調で一刀両断された。けんもほろろだった。

──少しくらい妬いてくれたっていいのに……。

過《よぎ》った思いの虚しさに、拓真はひっそりと絶望した。妬くもへったくれもない。冴島にとって自分は単に「担当している俳優」でしかないのだ。最初から。そしてこれからも。

滑り込むように車が停車する。あっという間に自宅マンションの地下駐車場に着いてしまった。撮影所とマンションがもっと遠ければいいのにと、車を降りる時いつも思う。

「明日、十三時半に迎えに来る。昼飯を済ませておけよ」

運転席から降りるなり、冴島が事務的な口調で告げた。

「ニンニクと背脂増し増しのラーメンとかばっかり食べないで、ちゃんと栄養のバランスを考えろよ」

——完全に見抜かれてる。

「わかった。……あのさ」

拓真は小さく息を吸い込むと、吐息に混ぜて「ごめんなさい」と呟いた。

冴島が「ん?」と小首を傾《かし》げる。ほんの少し驚いたような、一瞬の無防備が好きだ。

「さっきのこと」

「ああ……わかったならいい」

運転席のドアを閉め、冴島がゆっくりとこちら側に回ってくる。

「今は役者として大事な時なんだ。わかるだろ」

しょげた顔で「うん」と小さく頷いた。その瞬間、冴島の纏う空気がふわりと柔らかくなるのがわかった。

「反省したならもういい。必要以上に落ち込むな。メンタルコントロールも仕事のうちだ」

長い腕が伸びてきて、拓真の頭をくりっと撫《な》でた。

「夜更かししないで早めに休め。スキンケアもしっかりな」

「はいはい、わかってるよもう。冴島さんこそ運転気をつけてね」

「お前が心配するのは百万年早い」

じゃあまた明日、と片手を挙げ、冴島は運転席に乗り込んだ。

遠ざかっていくテールランプを見送りながら、拓真はふっと頬を緩める。

「ハグはなしか。……ま、仕方ないけど」

地下駐車場とはいえ、それこそ誰がどこで見ているかわからないのだから。

拓真が落ち込んだ時や疲労困憊《ひろうこんぱい》で参っている時、あるいは叱責の後、冴島は時々ハグをしてくれる。無論深い意味などないただの励ましの行為なのだが、テンションが落ちた拓真には特効薬となる。

――そういえばこの頃、あんまりハグしてもらってないな。

それでも今撫でてもらった頭頂部には、冴島の手のひらの感覚がまだ残っている。そんな些細《ささい》なことだけで、嫌なことを忘れられる。幸せになれる。

「って、これ以上どうなるわけでもないんだけどさ」

冴島は同業者たちも舌を巻くほど有能なマネージャーだ。担当する俳優のテンションを上げるためならなんだってするだろう。

「今度『キスしてくれたらもっと頑張る』とか言ってみようかな」

できもしない想像に嘆息しながら、拓真はようやくエントランスへと向かった。


軽くシャワーを浴びて着替えをすると、拓真はすぐにまた自宅を出た。向かった場所はラーメン店ではなく最寄りの駅だった。日のあるうちに帰宅できることなど滅多にない。久しぶりにどうしても訪ねたい場所があった。

キャップと伊達眼鏡とマスクという最低限の変装を施し、ちょうど滑り込んできた下り電車に飛び乗る。空席はあったが座ることはせず、車両の片隅に立ち、キャップを目深に被《かぶ》って窓の外の景色を眺めるふりをした。公共交通機関を利用することはほとんどないが、万が一の時はそうするのが一番安全だと過去の経験から拓真は知っている。

次の駅から学校帰りの女子高生が数名乗り込んできて、ちょうど拓真の背中のあたりで円になった。ひとりが手にした雑誌をみんなで覗き込んでいるのだ。拓真はそれとなくキャップのつばを摘《つま》み、目が完全に隠れる位置まで深く引き下げる。

「え、見せて見せて……うわ、ヤバ」

「だからヤバイって言ってんじゃん」

「激ヤバ。てか鬼ヤバ。可愛いとか通り越してもう、神仏の領域だって」

「アハハ、言いすぎ～、でもわかる～、拝みたくなるよね～」

女子高生ってホント元気だよなあと、疲れたサラリーマンのような感想を抱きながら、ゴムボールみたいに弾む会話を聞くともなしに聞いていた拓真だったが。

「最近の拓真、マジでヤバイよね」

突然飛び出した自分の名前に心臓がドクンと跳ね上がった。どうやら彼女たちが覗き込んでいるのは、拓真のインタビュー記事が載った女性向けファッション誌らしい。

——そっか、あの雑誌今日が発売日だったんだ。

「相変わらず肌キレイだよね。加工してんのかな」

「してないと思う。去年サイン会の時、近くで見たけどめっちゃ透明肌だったもん」

「この写真、視線の感じがちょっと色っぽくない？」

「うんうん。それよりこっちの、この、舌ぺろって出してるの、超エロい」

「わかるわかる。拓真、たまにやるよね、舌ぺろ。これって狙ってるのかなぁ」

——ごめんなさい狙ってません。ていうかそんなにやってたかな、舌ぺろ……。

本人がすぐ近くにいることを知ったら、彼女たちはどんな反応をするだろう。恐ろしい想像に、全身の毛孔《けあな》から汗が噴き出した。

「最近、確実に大人の階段を上り始めてるよね」

「うんうん。デビューから応援してる身としては、寂しくもあり楽しみでもあり」

「もう、孫の成長を見守るおばあちゃんの気分だわ」

「わっかる～。てかうちら、拓真より年下なんだけどね」

きゃはは、と明るい笑いが弾ける。

――ホント、ありがたいことだよな。

去年のサイン会というのは、初写真集の出版記念サイン会のことだろう。決して安くはない写真集を購入し、サイン会にも応募し、たった三ページのインタビュー記事のために雑誌を発売当日にゲットしてくれる。俳優・神林拓真を支えてくれているのは、間違いなく彼女たちのようなファンの存在だ。

本当ならひとりひとりにお礼を言って回りたいくらいなのだが、そうもいかないのが辛《つら》いところだ。そもそもオフに単独で公共交通機関を利用することは、冴島から固く禁じられている。万が一にも今日のことがバレたら、冴島の周囲数十メートルはブリザードで立ち入れなくなるに違いない。しばらく口を利いてくれない可能性が大だ。

――冴島さん、怒るとめっちゃ怖いからな……。

拓真は背中を丸め、ぶるんと身を震わせた。

ふたつ先の駅で三人が、その次の駅で残るふたりが降り、車両から女子高生たちの声は消えた。拓真はようやく緊張から解放された。目的の駅はもう少し先だ。

――厳しいだけの人なら、こんなに好きにはならなかったんだけどな……。

『心配するな。お前が一人前の役者になるまで、どんなことをしてでも俺が守ってやる』

『北原エージェンシー』に所属することが決まった日、冴島がかけてくれた言葉を、拓真は大切な宝物のように胸の奥にしまってある。辛いことがあった日、悲しい記憶が蘇ってやまない日、宝物を取り出し耳の奥で再生するのだ。

中学三年生の秋、拓真は不慮の事故で両親を一度に亡くした。結婚記念日に出かけた先の旅館が土砂崩れに見舞われたのだ。塾の講習会が重なり仕方なく留守番をしていた拓真だけが、たったひとりこの世に遺されてしまった。

繁華街で冴島にスカウトされたのは、両親の四十九日法要の後だった。午前中、実家近くの寺で法要を終え、昼食が終わる頃、親戚たちが集まってこそこそと相談が始まった。誰が自分を引き取るかで揉めているのだ。居たたまれなくなった拓真は、トイレに行くふりをして昼食会場を抜け出してきた。

ただ何かに縋《すが》りたかっただけなのかもしれないと、今にして思う。芸能界に特別興味があったわけではないけれど、『やってみたい』と答えた。本当に自分の身に起きていることなのか、まだ半分疑っている拓真とは対照的に冴島の動きは速かった。あっという間に親戚たちを集め、その前で『拓真くんを預からせてください。責任を持って一人前の俳優に育ててみせます』と宣言した。その際大人たちの間で交わされた会話の端々から、拓真は自分がほどなく児童養護施設に預けられる予定になっていたことを知ったのだった。

冴島は事務所名義のマンションに拓真を住まわせ、あれこれと世話を焼いてくれた。ほどなく合格が決まった高校への進学手続きも、すべて冴島が引き受けてくれた。おかげで拓真は高校生活と芸能生活の第一歩を、不安なく踏み出すことができたのだった。

それから今日まで、冴島はあの日宣言した通りどんな時も楯《たて》になり助けてくれる。生き馬の目を抜くなどと言われるこの業界、確かに辛いことも多いが、いつでも冴島が傍《そば》にいてくれるから耐えることができる。頑張ることができる。

冴島の存在だけが心の拠《よ》り所だ。それはまごうことのない事実なのだけれど。

——冴島さん、清々《すがすが》しいくらいに無反応だもんな……。

理知的で理性的で、周囲からは『よく研いだ刃物みたいにキレッキレ』と評価されている男なのに、恋愛に関してだけは救いようのないほど鈍感なようだ。

どれほど隠そうとしても滲《にじ》み出てしまう恋心。冴島は本当に何も気づいていないのだろうか。それとなく、いや、かなり思わせぶりな態度を取っている自覚はあるのに。

疲れ果てたふりをして肩に凭《もた》れかかるなんてことは日常茶飯事だ。狸寝入《たぬきねい》りをして車の助手席からベッドまで運んでもらったことも一度や二度ではない。冴島の体温を感じ、冴島の匂いに包まれ、『ったく、いつでもどこでも眠りこけやがって』という冴島の愚痴に鼓膜を擽《くすぐ》られる時間。天にも昇る心地なのは、間違いなく拓真ひとりだけだ。

もしかして気づかない素振りをしているだけなのだろうか。担当する俳優だから、仕方なく甘やかしてくれているだけなんだろうか。

――ていうか、それしかないでしょ。

冴島が必要としているのは拓真個人ではない。神林拓真というひとりの俳優だ。一日も早く一人前の俳優になることでしか、冴島の歓心を得ることはできない。そんなこと最初からわかっていたことだ。

――でも、それでもあんまりだよ。だっておれたち……。

車内のアナウンスが、間もなく次の駅に停車することを知らせる。拓真が降りる予定の駅だ。無事に目的駅に到着できたことにホッとしながら、拓真は深々と被っていたキャップのつばをほんの少し上げた。ドア付近に集まる人の波に紛れようとした時だ。不意に近づいてきた大柄な男性と視線がぶつかった。その瞬間、拓真の全身に緊張が走る。

――この人、アルファだ。

拓真は咄嗟《とっさ》に視線を外した。恵まれた体軀《たいく》と整った目鼻立ち。その全身から放たれる独特のオーラが、彼がアルファと呼ばれる性分類に属する人間であることを示していた。

――大丈夫、家を出る直前に抑制剤飲んだし。

ヒートの予定はまだまだ先だ。事故が起きるはずはない。

車両がホームに滑り込む。もどかしい速度でドアが開くのを待って、拓真は素早くホームに出た。階段の中段あたりでさりげなく後ろを振り返ってみたが、人波の中に男性の姿はなかった。どうやら別の改札口へ向かったらしい。

拓真はふうっと長いため息をつき、強張っていた全身を弛緩させた。

——びっくりした……。

「男」「女」という従来からの性分類の他に「アルファ」「ベータ」「オメガ」という第二の分類が存在することが発見されて数十年になる。近年世界的な規模で研究が進んでいるが、その特性には未《いま》だ詳細不明な部分も多い。

アルファの特徴は、その恵まれた体躯と頭脳にある。あらゆる面において有能であり、いわゆる天才型の人間が多い。学術、芸術、スポーツなど、どんな分野に進んだとしても他を圧倒する才能を発揮する。

オメガの特徴は、男女を問わず妊娠出産が可能だということに尽きる。男性オメガはその体内にオメガ宮と呼ばれる特殊な子宮を有し、子供を孕《はら》むことができる。およそ三ヶ月に一度のサイクルで訪れる発情期はヒートと呼ばれ、その時期に発するフェロモンは性的な意味においてアルファを刺激する。

国の内外を問わず人口の圧倒的多数はベータだ。アルファの特性もオメガの特性も有しないベータは、語弊を恐れずに言えば「普通の人間」だ。対してアルファは全人口の○・一パーセント。オメガに至っては○・○一パーセントと、非常に稀有《けう》な存在だ。

拓真が初めてヒートに襲われたのは、中学二年生の時だった。軽い風邪《かぜ》症状が数日続いた後、突然下半身が疼《うず》きだした。知識はすでにあったので、あらかじめ処方してもらっておいたオメガ用の抑制剤を服用した。おかげで本格的にひどくなる前に症状は治まった。

以来拓真は三百六十五日抑制剤を欠かさない。ヒートのサイクルは三ヶ月に一度でほぼ狂いはないが、それでも万が一ということがある。たった一日のサイクルの狂いと、今日のようなアルファとの鉢合わせが重なれば、双方にとって不運では済まされない悲劇を招いてしまうからだ。

——悲劇……か。

拓真が抑制剤の服用に神経を尖らせているのには理由がある。フェロモンで刺激してはいけないアルファがいつも傍にいるからだ。他でもない、冴島賢悟、その人だ。

アルファとオメガ。アクシデントは悲劇でしかない。けれどもし、それが結ばれたいと願い続けた相手なら……。

嫌というほど想像した未来を、拓真は頭を振って追い出した。結ばれたいと願い続けているのは拓真ひとりだ。万が一アクシデントが起きれば、冴島にとっては悲劇でしかない。

——おれの幸せは、冴島さんの悲劇……。

暮れかかった住宅街をとぼとぼと歩きながら、拓真の心は沈んでいく。

聞くところによると、この世には『運命の番《つがい》』なるものがあるらしい。必ず結ばれる運命にあるふたり——アルファとオメガが、ごく稀《まれ》に存在するというのだ。

その噂《うわさ》を耳にした時、拓真は思った。そんな羨ましい話があってたまるかと。ちょうど冴島への叶《かな》わぬ思いを持て余し始めた頃だった。『運命の番』なんて作り話だ。誰かが作り上げたおとぎ話。ずっとそう思っていたが、少し前、身近な人物が『運命の番』と晴れて結ばれたと聞いた。佐野宮柊だ。

柊がアルファであることは世間にも知られていたし、拓真も認識していた。だからこそ冴島の前で柊に絡んでみたりしたのだけれど、あの時にはすでに柊には意中の人物がいたということなのだろう。

羨ましい。羨ましくて仕方がない。歯ぎしりしてしまいそうになるほどだ。

——おれと冴島さんも『運命の番』だったらいいのに。

詮無いことと知りつつ、そう思わずにはいられない。アルファとオメガなのに。毎日こんなに近くにいるのに、ハグだってしているのに、一生結ばれないなんて悲しすぎる。アクシデントが起きるのと、一体どっちが悲劇なのだろう。

いっそ抑制剤を飲み忘れたふりをして……と、いけない誘惑に駆られたことも一度や二度ではない。けれどフェロモンで誘惑して結ばれたところで、互いに幸せになれないことはわかっている。卑怯《ひきょう》なやり方をした拓真を、冴島は絶対に許さないだろう。

自分たちがアルファとオメガであることを、冴島がどう受け止めているのか拓真には知る由もない。撮影の合間に、拓真が携帯しているチュアブルタイプの抑制剤を服用しているところを、冴島は何度となく目にしているはずだ。けれど彼がそれについてなんらかの反応を示したことは一度たりともない。業界屈指の敏腕マネージャーはいつだって沈着冷静で、顔色ひとつ変えず淡々と職務をこなすだけだ。

――まあ、そのおかげでおれはここまで来られたんだけど。

冴島の存在なしに今の自分はない。わかっているし感謝もしている。ただ時々、先の見えない不安と虚しさに襲われ、自分が今どこにいるのかわからなくなるのだ。

十分ほど歩くと、住宅街の薄暗がりの中に目的の建物が見えてきた。満遍なく蔦《つた》を纏ったレンガ壁の建物と、規則的に並んだアーチ型の細長い窓。屋根のてっぺんに掲げられた白い十字架が、外灯に照らされて宵の空にぼんやりと浮かび上がっている。

町はずれの小さな教会。拓真は年に何度かここへやってくる。駅からの道のりは目を瞑《つぶ》っていても迷う気がしない。なぜならここは、拓真が中学を卒業するまで暮らしていた町だからだ。この道を三百メートルほど先に進むと、拓真の生家がある。今は空き家になっているが、父方の叔父が管理してくれているはずだ。

初めてここを訪れたのは、忘れもしない中学三年生の晩秋だった。不慮の事故で両親が急逝して一週間。忌引きの休みが終わって学校へ復帰した日のことだった。

ふた親を一時に亡くすという想像を絶する不幸に見舞われた仲間を、クラスメイトたちは揃《そろ》って温かく迎えてくれた。腫れ物に触るようなわざとらしさはなく、けれど精一杯気を遣ってくれていることが伝わってきた。中学生って案外大人なんだなと、妙に冷静な感想を抱いたことを覚えている。自分だってまだ中学生だったのに。

クラスメイトたちのおかげで、学校にいる間は楽しく過ごすことができた。しかし校門を出て『じゃあまた明日』と手を振ったところで、不意に現実が襲ってきた。家に帰っても迎えてくれる母親の姿はない。宿題や提出物のことで小言を言われることもない。深夜に酔っぱらって帰ってきて『拓真～、ただいま～』と頬ずりする父親も、もうこの世にはいないのだ。吐息の酒臭さも無精ひげのジャリジャリした感触も、もう二度と味わうことができないのだと思ったら、突然目の前が真っ暗になった。

――おれが悪かったのかな。

『うるさいな』とか『わかってるよ』とか、母に口答えばかりしていたから。一緒に出かけようと誘う父に『友達と遊ぶ約束がある』とつれなく当たったりしたから。

――罰が当たったんだ、きっと。

いい子じゃなかったから。神さまが自分に罰を当てたのかもしれない。

ふらふらと歩くうちに、通学路を外れてしまった。駅へ向かう際に時々通る小道だ。ふと、レンガ壁の小さな建物の前で足を止めた。

こんなところに教会があったんだと思いながらぼんやり佇《たたず》んでいると、正面の扉が開いた。黒い服を着た老人が顔を覗かせ、初対面の拓真に『入っていくかい？』と微笑んだ。老人はこの教会の神父だと名乗った。その穏やかな笑みに誘われるように、拓真は生まれて初めて教会という場所に足を踏み入れたのだった。

——あれから五年半か……。

てっぺんの十字架を見上げていると、並んだ窓に明かりが灯った。美しいステンドグラスが浮かび上がるのと当時に、正面の扉が開いた。あの日と同じように。

「やあ、いらっしゃい」

「どうも。また来ちゃいました」

「いつでも好きな時に来ればいい。さあ、入りなさい」

神父の自宅は敷地の奥にあると聞いているが、拓真が声をかける前にこうして扉を開いてくれる。『たまたまだよ』と本人は言うけれど、不思議な人だといつも思う。

「仕事、頑張っているようだね」

「はい。おかげさまで。神父さまもお変わりないですか」

「ああ、肩と背中と腰と膝がギシギシいうくらいで、他はとても元気だよ」

カラカラと笑う神父につられ、拓真も笑顔になる。

「お身体、大事にしてくださいね」

「ありがとう。私は下がるけど、ゆっくりしていきなさい」

「はい、ありがとうございます」

奥のドアが閉まり神父の足音が聞こえなくなると、拓真は長椅子の最前列に腰を下ろした。そっと目を閉じ、胸のロザリオを握りしめる。お守り代わりのそれは、五年半前、初めてここを訪れた時に神父がくれたものだ。

――お父さん、お母さん、おれ、頑張ってるよ。

心の呟きに応える声はないけれど、ここへ来ると少しだけ父と母を感じることができる。

『あの、うち、多分無宗教なんですけど……』

葬儀は仏教式だった。どこの宗派だったのかも知らない。そんな自分がロザリオなどもらっていいのだろうかと戸惑う拓真を、神父は今日と同じようにカラカラと笑い飛ばした。

『神さまはね、そんなちっちゃなこと、気になどしないさ』

あの日の神父の笑顔を思い出しながら、拓真はしばしの間亡き両親との会話を楽しんだ。


「お待たせしました、拓真くん」

「重森《しげもり》さん、今日はよろしくお願いします」

「はい。では参りましょうか」

マンションの地下出入り口で乗り込んだ車が、地上に向かって滑り出した。アクセルを踏むタイミングの微妙な違いに、拓真は後部座席でひっそりとため息をつく。

翌日、冴島との約束だった十三時半を、拓真はこれ以上ないほどブルーな気分で迎えた。

遡ること一時間前、突然その連絡は届いた。

【急用が入った。迎えは重森さんに行ってもらうことになった。用事が済み次第現場に向かうが、間に合わなかったら帰りも重森さんにお願いするのでよろしく。以上】

重森というのはサブのマネージャーだ。冴島が他の仕事で拓真につけない時、代理として彼がやってくる。基本的に拓真の専属マネージャーは冴島ひとり、冴島が担当する俳優は拓真だけ。つまりマンツーマン体制なのだが、最近社内には『拓真にもうひとりマネを』という声も上がっているらしい。

拓真がまだ海の物とも山の物ともつかなかった頃は冴島ひとりで十分だったのだが、幸か不幸かここ数年でドラマの主役を張るまでに成長してしまった。加えてどうやら冴島の方もマネージャーとしての業務以外にも任務があるらしく、こうしてしばしば代理のマネがやってくる。しかもこの頃、その頻度が増しているような気がするのだ。

――確か先々週も、半日重森さんに代わってもらってたよな。

重森は冴島より十歳近く年上だ。冴島よりずっと穏やかで優しくて、これでもかというくらい気遣いの行き届いた人物だ。半日マネが重森に変わったところでなんの問題もないし不安もない。不満だってない……はずなのだけれど。

――なんか気分が乗らないんだよな。

そもそも冴島の主たる業務は俳優・神林拓真のマネージメントだ。それを放り出さなければならないほど大事な用事とは一体なんなのだろう。

デートの約束をドタキャンされた時って、こんな気分なのだろうか。デートの経験のない拓真には想像することしかできない。気を遣ってあれこれ話しかけてくれる重森に申し訳ないとは思いつつ、テンションが上がらないままロケ現場が近づいてくる。

「拓真くん、そろそろ着きますよ」

「はい。準備OKです。さて、今日も頑張るぞっと」

カラ元気だと知ってか知らでか、重森は「頼もしいですね」と眦《まなじり》を下げた。

冴島が現場に姿を見せたのは、夕方近くになってからだった。この日のロケ場所は都下にあるオフィスビルの屋上で、フェンスから地上を見下ろすシーンを撮影していた拓真は、視線の先に愛《いと》しい姿を見つけた瞬間、込み上げてくる喜びを抑えきれなかった。思わず台詞が飛んでしまい、監督から「カット」がかかる。NGだ。

拓真は「すみません」と共演者とスタッフに頭を下げた。すると監督が苦笑交じりに「ちょっと休憩しよう」と椅子から立ち上がった。そういえば到着からずっと休憩ナシで撮影が続いていた。拓真はホッと胸を撫で下ろし、あらためて地上に視線をやった。

——上から見下ろす冴島さんも、やっぱ格好いいなあ。

時間が気になるのだろう、腕時計をチラチラ見ながら信号待ちをしている。信号が青に変わるなり急ぎ足で横断歩道を渡る様子に、拓真は心の中で悶絶する。

——脚、長いなあ。モデルみたいだ。

前髪が乱れるのも気にせず、スーツの上着の裾を翻して小走りに近づいてくる冴島。急《せ》いているのだろう、歩道と車道を仕切るほんの小さな段差に躓《つまず》いてたたらを踏んでいる。

——おれのために急いでくれてるんだよね。

冴島の躓く姿など、そうそう遭遇できるものではない。拓真はほんの少し溜飲を下げながら、愛しいマネージャーの到着を待った。

ところが五分経《た》っても十分経っても冴島は現れない。ビルは十階建てで、エレベーターも備わっていたはずだ。エントランスから屋上までそれほど時間がかかるとは思えない。

——変だな。

拓真は首を捻《ひね》りながら椅子から立ち上がると、スタッフたちの間をすり抜け、エレベーターホールになっている建屋へと向かった。鉄の扉をそっと開けると、ホールの奥の階段のあたりから、ひそひそと低く話す声が聞こえてきた。

「……それならよかった……ああ、わかってるよ……うん、そうだな……」

——冴島さんだ。

どれほど潜めていても、冴島の声だけは聞き分けられる自信がある。

「……ダーメ……ダメだって言ってるだろ、風邪なんだから……ダメ……ケチで結構だ」

何かを窘《たしな》めているようだが、口調はずいぶんと親しげだ。冴島が誰かに「ダーメ」などと言っているのを、拓真は一度も聞いたことがない。不穏な色の雲が胸に広がる。

――おれのマネより大事な用事って、まさか……。

「……ああ、わかってる。ちゃんとチエさんの言うことを聞いて、いい子にしていたらな……ゲーム？　ゲームはまた今度……そう、パパのお休みの日に……」

ヒュッと息を呑み、拓真は固まった。

――パパ～？

思わず叫びそうになり両手で口元を押さえる。その微かな衣擦《きぬず》れの音に、冴島がパッとこちらを振り返った。

「あっ……」

咄嗟の表情を、なんと表現したらいいのか拓真は知らない。驚愕《きょうがく》、衝撃、諦念――様々な感情がごちゃ混ぜになった顔で、冴島はふっと視線を落とした。

「パパは今、お仕事で忙しいから、また後でな」

今度はさっきよりもはっきり「パパ」と聞こえた。やはり聞き違いではなかったようだ。

冴島がこちらに向かってくる。ただ立ち尽くす拓真の目の前で足を止めると、冴島はゆっくりと口を開いた。

「五歳だ」

「……え」

「息子がいる」

冴島に五歳の息子がいた。その単純な現実を、拓真の脳は全力で拒絶する。

「そう、だったんだ」

我ながらアホみたいな答えだと思ったが、それ以外の言葉が浮かんでこない。文字通り、頭の中が真っ白だった。

この五年間、拓真は何度となく冴島に尋ねた。

『ねえ、冴島さん、ホントは彼女いるんでしょ？　紹介してよ』

『いない』

『うそうそ。冴島さんめちゃくちゃモテるって、みんな言ってるよ？』

『こんなに手のかかる俳優のマネをやっていて、そんな時間があると思うか？』

判で押したような会話が、拓真のエネルギーになっているなんて、冴島は想像もしていないだろう。

もちろん冴島の言葉を鵜呑《うの》みにするほど、拓真は子供ではない。実際冴島が女性に言い寄られている場面にも何度か遭遇している。その手の誘いをある時は軽く、ある時は丁重にかわす姿が、いつの間にか当たり前になっていた。冴島がワーカホリックなのをいいことに、安心しきっていたのだ。

「名前、なんていうの？」

「あ、ああ……ヒロトだ。大きいに、飛翔の翔」

「大翔《ひろと》くん。いい名前だね」

会話が途切れ、気まずい沈黙が落ちる。ちらりと見上げた冴島は、何かを言いあぐねるように、口を開いたり閉じたり、コンクリート製の天井を仰《あお》いだりしている。よほど混乱しているのだろう。

真っ白になっていた脳内が少しずつ色を取り戻すにつれ、時間差で衝撃に見舞われる。冴島に子供がいた？　なんだそれ？　今いるビルがぐらぐらと揺れ、崩れてしまいそうな感覚に襲われる。真っ直ぐ立っているのがやっとだった。

「ひとつ……訊いても？」

「あ、ああ」

「チエさんっていうのは」

「シッターさんだ。俺は、結婚はしていない」

清水の舞台から飛び降りる覚悟でぶつけた問いに、冴島は被せ気味に即答した。

「父ひとり、子ひとりだ」

拓真は「そう……」と呟き目を伏せた。

息子がいるということは、彼を産んだ女性、もしくはオメガ男性が必ずいるわけで。

――それはつまり、冴島さんが愛した人……。

拓真の胸には苦いものが満ちていく。死別にせよ離婚にせよ、息子を産んでくれた相手との別れは、冴島にとって楽しい記憶のはずがない。そこに至るにはおそらく複雑な事情があるに違いないのに、冴島が独り身だったという事実に、ちょっぴりホッとしている自分がいる。

——おれ、最低……。

自分の身勝手さを見せつけられた気がして、心が深く沈んでいく。

「みんな知ってたの？　冴島さんに、その……」

「大翔の存在を知っているのは、社長と只野《ただの》専務、それとマネ部長の三人だけだ」

自分だけが知らされていなかったわけではないと知り少し安堵《あんど》した拓真だったが。

「会ってみたいな、大翔くんに」

気づいたらそんなことを呟いていた。思ってもみなかったのだろう、冴島は「えっ」と頓狂な声を上げた。

「今度会わせてよ」

「あ、ああ、まあ、そのうちにな」

あからさまに視線を逸らす冴島に、拓真は畳みかける。

——他の人はともかく、おれにだけは教えてほしかったのに。

息子がいたという事実と同じくらい、秘密にされていたことがショックだった。冴島にとって自分はその程度の存在でしかなかったのだろうか。

「五歳っていうことは幼稚園児だよね。年長さん？」

「保育園の年長だ。拓真、現場に戻ろう。そろそろ休憩が終わる——」

「年長かあ。戦隊もののゴールデンエイジだね。パトローラーとか観せてないの？」

「パトローラーはＤＶＤでよく観ている」

「ホント？　やっぱりレッド推し？」

「まあ、そうだな。おい、そろそろ現場に」

「やった。冴島さんの息子さんに推してもらえるなんて、超光栄」

はしゃいでみせながら、もうひとりの自分が冷めた目で問いかける。

お前は一体何をしているんだと。

——だって……秘密にしていた冴島さんが悪い。

心の中で駄々っ子のように言い訳をしていると、冴島の胸ポケットからスマホの振動音が聞こえてきた。冴島が取り出したスマホの画面に表示されていた「大翔」の文字を、ほんの一瞬、拓真の視線が捉えた。冴島はくるりと背を向け、素早くスマホを耳に当てた。

「どうした大翔、パパは今お仕事……え、アイス？　アイスは——あっ、こらっ」

冴島が急に目を剝《む》いたのは、大翔から何か驚くようなことを告げられたからではない。

通話の最中に、拓真が横からスマホを奪い取ったからだ。

「やあ、こんにちは、大翔くん」

スマホの向こうから『えっ』と驚く声がした。

『えっと……だれですか？』

幼い子供独特の、可愛らしく澄んだ声色だった。

「さて誰でしょう？　声で当ててみて。大翔くんの知っている人だよ」

「ちょ、拓真っ、何を――」

スマホを取り返そうとする冴島の手を軽く薙《な》ぎ払う。

「ヒント。強くて勇ましい正義の味方」

自分で言っていて恥ずかしくなるが、これ以外のヒントが思い浮かばない。

『もしかしてだけど……まさか、パトレッド？』

大翔はおずおずと遠慮がちに答える。

「ピンポーン、大正解。すごいよ大翔くん、よくわかったね」

『ホント？　ホントにホントの、パトレッドなの？』

「もちろん本当だよ」

「おい、拓真！」

なおもスマホを取り上げようとする冴島から逃れるように身を捩《よじ》りながら、拓真は大翔との会話を続けた。

「実は、おれは大翔くんのお父さんとお友達なんだ」

『えっ、うそ』

スマホの向こうで大翔が戸惑っている。同時にDVDの中のヒーローと思いがけず話ができて、半信半疑ながらもうきうきしている様子も伝わってくる。

「うそじゃないよ。なんなら今度、大翔くんのお家に遊びに行ってもいいよ？」

『ホントに？　うちに来てくれるの？』

大翔が声を裏返した。

――うわあ、めっちゃ可愛い。

目をくりくりさせて驚いている様子が目に見えるようだ。突然始まった小さなファンとのやり取りに、拓真の心はいつになく躍った。大翔のうきうきやわくわくが、スマホを通して伝染したみたいだ。

「おい、拓真いい加減に――」

伸びてきた冴島の腕をひらりとかわす。

「約束する。だからパパやシッターさんの言うことを聞いて、ちゃんと風邪を治すんだよ」

『はあい、わかりました！』

弾むような返事に拓真はまたぞろ笑顔になる。なんて素直ないい子なんだろう。

それじゃあね、と通話を切る。恐る恐る見上げると、冴島は口を半開きにしたまま瞬きも忘れて固まっていた。驚きと呆れで言葉を失っているのだろう。

「というわけで、今度冴島さんちにお邪魔することにしたから」

呆然自失中の冴島の胸にスマホを押しつけると、拓真は「さ、そろそろ戻らないと」と現場に戻るべく鉄の扉を開けた。後ろに続いて出てくる冴島の気配を感じたが、振り返る勇気はなかった。我に返った途端、烈火のごとく怒るに決まっている。

「あ、神林さん、そこにいたんですね。三分後に撮影再開です」

運よく声をかけてくれたカメラ助手の女性が、救いの女神に見えた。

「はーい、すぐ行きます」

拓真は必死に笑顔を作る。スタッフたちの輪の中へと駆け戻る拓真の背中に、冴島の怒鳴り声が飛んでくることはなかった。お説教は、多分帰りの車の中で食らうことになるのだろう。

走りながら、胸の中には早くも後悔が渦巻いていた。隠し事をされていたショックから、勢い余ってあんな約束をしてしまったけれど、冷静に考えて冴島が自宅に自分を招いてくれるとはとても思えない。つまり大翔にうそをついてしまったことになるのだ。

――うそじゃないなんて言っちゃって、悪いことしちゃったな……。

大翔の嬉《うれ》しそうな声が耳に残って離れない。なんの罪もない大翔を、冴島への反発心の巻き添えにしてしまったことが、拓真の心をさらに重くしていた。

——後でもう一度スマホを借りて、大翔くんに謝ろう。

底なしに沈んでいく心の隅で、拓真は静かに誓った。


ところがその三日後、拓真は冴島家の門前に立っていた。

「ここか……」

表札の「冴島」の文字を確認しても、まだ信じられない気持ちだった。

一昨日のことだった。帰宅する車の中で、拓真は何気なく運転席の冴島に声をかけた。

『そういえば大翔くんの風邪、治った?』

『ああ、おかげさまですっかり元気だ。心配させて悪かったな』

『ううん。それならよかった』

冴島はおくびにも出さないが、シングルファーザーの大変さは想像に難くない。

『もしもまた大翔くんが風邪ひいたりしたら、遠慮なく言ってよね。おれももう新人じゃないし、ひとりでも大丈夫だから』

『余計な心配をするな』

被せ気味にピシャリと放たれた台詞に、拓真はビクンと身を竦《すく》める。

『俺のプライベートの心配をする暇があったら、明日の台詞を頭に入れておけ』

ルームミラー越しに『いいな』と睨まれ、拓真はしおしおと項垂れるしかなかった。そういうつもりじゃなかったのにという言い訳をぐっと呑み込んだのは、冴島の言っていることが正論だからだ。

冴島はいつだって正しい。だから安心して演技に集中できるのだけれど。

――たまに冷たすぎるんだよね……。

嘆息すると、冴島が小さく舌打ちをした。

『ったく、なんて顔してるんだ』

『……え』

『明々後日の午後はどうだ』

いきなりの問いかけに、拓真は『へ？』と小首を傾げる。

『明々後日は午後からオフだろ。大翔も保育園が休みだし、その日なら――』

『えっ、いいの？　大翔くんに会わせてくれるの？』

ようやくなんの話をしているかわかった。拓真は後部座席から身を乗り出した。

『勝手に約束をしたのは誰だ。憧れのパトレッドがうそつきじゃ、シャレにならないだろ』

『えっ、ちょっと待って、大翔くんおれに憧れてるの？　マジで？』

『お前にじゃない。パトレッドに、だ』

『でも嬉しい！　冴島さん、ありがとう！』

子供みたいにはしゃぐ拓真に、冴島は苦笑しながら口元を緩めたのだった。

かくして冴島家を訪問することになった拓真は、約束の時間きっかりに、緊張に震える指でインターホンを押した。すぐに玄関が開き、冴島が出てきた。

「ほ、本日はお、お招きいただき――」

「挨拶はいいから入れ」

しゃちほこ張る拓真を、冴島は笑いながら中へと誘ってくれた。

「大翔のやつ、三十分も前から時計とにらめっこして待っているんだ」

肩を竦める冴島の後についてリビングルームへ入る。と、幼い子供がすすっと冴島の背後に隠れるのが見えた。小さな手が冴島のシャツの裾をきゅっと握っている。そろりと一瞬顔を覗かせたが、拓真と目が合うや、ピュッとまた冴島の陰に隠れてしまった。

――うわあ、可愛い。

臆病な小動物のような仕草に、拓真は思わず笑顔になる。実はここへ来るまでの間、大翔の母親のことがずっと脳裏にチラついていた。父ひとり子ひとりと冴島は言ったが、今でも連絡を取り合っている可能性も否定できない。冴島が愛した人の産んだ子供を、自分は受け入れることができるのだろうか。心の奥に抱いていた不安を、大翔の可愛らしさが

一気に吹き飛ばしてくれた。

「こんにちは、大翔くん。パトレッドの神林拓真です。お招きいただいてありがとう」

五歳の大翔は、拓真がパトレッド役の俳優だということは辛うじて理解していると冴島が言っていた。放映が始まった『バディ！ 2』も楽しみにしていて『拓真くんはパトレッドだから、また刑事さんなんだね』などと、わかったようなわからないような感想を呟いてるのだという。

『穏やかといえば聞こえがいいが、大翔は感情をあまり顔に出さないんだ。恥ずかしがり屋で引っ込み思案で、人見知りも激しいし』

冴島が大翔のことを、そんなふうに言っていたのを思い出した。

「こら大翔、ちゃんと挨拶しなさい」

冴島が大翔の背中を押す。

「……にちは」

「大翔くん、『パトローラー』を観てくれているんだって？」

拓真は大翔の緊張を解くため、彼と目線を合わせるようにしゃがみ込んだ。大翔は冴島のシャツを握ったまま、こくんと小さく頷いた。

「嬉しいな。応援ありがとう。はい、これ、大翔くんにお土産」

差し出した紙袋の中身は、『警察総隊パトローラー』の中で総隊メンバーがつけているパトロールバッジだ。それも第十話と最終話の二度しか登場しなかった特別バージョンのゴールドバッジで、市場に流通した数が極端に少ないため、マニアの間では超レアなアイテムとして今も高値で取引されているらしい。

拓真は自身で保管していたふたつのうち、ひとつを大翔にプレゼントした。

「うわあ……」

大翔が驚きに大きく目を見開いた。それもそうだろう、大翔が『警察総隊パトローラー』に嵌《は》まったのは放映終了から一年以上経ってからだと冴島が言っていた。愛しい息子のためにあちこち駆け回ってアイテムを買い集めたが、さすがに特別バージョンのゴールドバッジは手に入れることができなかったとも。

「すごい……ゴールドバッジだ」

大翔が冴島を見上げた。その目が「もらっていいの？」と訊いている。冴島が「よかったな」と微笑んで頷くと、大翔は目を輝かせてバッジを握りしめ「やったあ」と、それはそれは嬉しそうな顔で飛び上がった。

「えっと、えっと……」

二度三度と飛び跳ねた後、大翔は意を決したように拓真を見上げた。礼を告げようとしているのだろう。

「パト……拓真くん、ありがとう」

「どういたしまして。喜んでもらえておれも嬉しいよ。バッジ、つけてあげるね」

拓真は大翔の胸にバッジをつけてやった。

「おおっ、格好いいよ、大翔くん」

「かっこ……いい?」

「いい、いい。めちゃくちゃ格好いい」

本家本元に褒められてテンションが上がらないわけがない。大翔は「きんきゅうしゅつどう! パトローラー、へんしんっ!」と、ポーズを決めてみせた。

「上手い、上手い。すごいね」

拓真が手を叩いて褒めると、大翔はますます嬉しそうに頬を上気させた。

「『変』と『身』の間で、右の肘をぐっとこう、後ろに引くと、もっと格好いいよ」

「こう?」

「そうそう、上手」

「パトローラー、へんしんっ!」

「変身っ!」

ふたりのかけ合いに、冴島は心底驚いた様子で目を瞠った。

「さすがはパトレッドだな。恐れ入った」

保育園の友達の前でさえもじもじしているキングオブ引っ込み思案の大翔が、こんなにはしゃぐのは本当に珍しいことなのだという。

「あのね……あのね、拓真くん」

「ん？　どうしたの？」

「……ぼくのおへやに、来て？」

せっかくなら変身アイテムを身につけて遊びたいというのだ。

「こら大翔、拓真は今来たばっかりなんだぞ」

「平気だよ。冴島さん、どうせ持ち帰りの仕事あるんでしょ？　おれと大翔くんが遊んでいる間に片づけちゃえば？」

拓真は「ね」と大翔にウインクする。

「うん。パパはおしごとがんばって」

大翔は「拓真くん、こっち、こっち」と階段を駆け上っていく。冴島はそんな息子の背中を、愛おしそうに目を細めて見守っていた。

――冴島さん、完全にお父さんの顔になってる。

冴島の新たな一面を見ることができて、拓真はひっそりと喜びを噛みしめた。

子供部屋で、しばらくの間大翔とふたりで『警察総隊パトローラー』ごっこに興じた。撮影で子役と接することはあるけれど、こんなふうにプライベートで小さな子供と遊ぶのは初めてだった。会話が続かなかったらどうしようとちょっぴり不安もあったが、大翔は拓真の心配をよそに、人見知りの欠片《かけら》も感じさせず終始ご機嫌だった。

「ねえ大翔くん、パパとはいつも何して遊んでいるの？　やっぱりパトローラーごっこ？」

遊びが一段落した後、拓真はなんの気なしに尋ねた。すると大翔は、なぜかどんよりとした表情で「パパとはしない」と答えた。

「え、どうして？」

「だってパパってば……」

大翔が声を潜めて話してくれた内容に、拓真は仰天してしまった。

父子でのパトローラーごっこでは、当然大翔がパトレッド役、冴島が悪役だ。ところがこの悪役、ちょっとやそっとではやられてくれないのだという。

『パパ、早くたおれてよ。うわ〜、やられた〜、って』

『そうはいかない。いいか、パトローラーは五人で力を合わせてやっつけているんだぞ？　しかし今お前はひとりきりだ。パトレッドがどんなに強くても、ひとりで戦うのはそう容易いことじゃないんだ。全身全霊でぶつからない限り、勝利を手にすることはできない』

呆れたことに冴島は、保育園児相手のヒーローごっこにおいて、まったく手を抜かないのだという。普段の仕事ぶりを知っている拓真としては「さもありなん」の感ではあったが、冴島の熱い講釈にポカ〜ンとする大翔が目に浮かび、思わず噴き出してしまった。

「大翔くんのパパは、何事に対しても一生懸命で真面目だからね」

「でもたまにズルもするよ」

「ズル？」

「『はみがきしたあとはたべちゃダメ』って言うくせに、よるにひとりでカップラーメンたべたりしてる」

「あはは。それは確かにズルだ」

——大翔くんは、おれの知らない冴島さんを毎日いっぱい見ているんだろうな。

ちょっぴり羨ましくなった拓真は、冴島の好物、好きなテレビ番組などを訊いてみたのだが、何を勘違いしたのか途中から大翔が目を輝かせて張り切りだした。

「わかった！　拓真くん、これはパパのことをしらべるミッションなんだね？」

「えっ、あっ、いや、調べるとかそんな大袈裟《おおげさ》なことじゃ」

「ぼく、パパをかんさつして、拓真くんにほうこくするね！」

「いや、報告とか……」

思わぬ展開に慌てた拓真だったが、「憧れのパトレッドの役に立ちたい」オーラを漲らせる大翔に、その必要はないとは言えなくなってしまった。

「ミッション、ミッション」と、大翔は世にも楽しそうだ。

——ホント、可愛いなあ……。

自分の眦は今、てれんとだらしなく下がっているだろうと拓真は思った。

楽しい時間ほど過ぎるのは早い。日が暮れかかり、そろそろ別れの時間が近づいてきたことを敏感に察知したのだろう、大翔は「拓真くん、おとまりできる？」と拓真の傍を離れなくなってしまった。別れがたいのは拓真も同じだったが、仕方なく「また今度遊ぼうね」と答えるしかなかった。

「拓真くんに……おとまりしてほしかった」

大翔の気持ちは痛いほど伝わってくる。チラリと見上げた冴島は、まるで心を鬼にしているかのような表情で首を横に振った。

「拓真は明日も朝からお仕事なんだ。無理を言っちゃいけない。また今度、お仕事が忙しくない時に遊びに来てもらおう」

「うん……パパ、だっこ……ぎゅうして」

大翔は冴島の太腿にしがみつき、頬をすり寄せている。何かを必死にこらえるような姿に、拓真の胸はぎゅっと痛んだ。

「時々こうなるんだ」

大翔の頭を撫でながら冴島が嘆息する。

大翔は基本的に聞き分けのいい子だが、時々こんなふうに情緒不安定になることがあるのだと冴島は表情を曇らせた。冴島は半べその大翔を抱き上げ、ぎゅっと強くハグする。

「そうだな、お泊まりは無理だけど、これから三人で晩ご飯を食べに行こうか」

冴島が突然、明るい口調で提案した。

「え、ほんと？」

「本当？」

ああ、と頷く冴島に、拓真は大翔と顔を見合わせ破顔した。

「近くに美味《おい》しいイタリアンの店があるんだ。子供連れでも入れるカジュアルな店だけど、奥に個室がある。空いているかどうか電話してみよう」

冴島がスマホを手にするや、大翔が「やったあ！」と拓真に飛びついてきた。冴島が予約の電話をかける間、ふたりで何度もハイタッチを繰り返したのだった。

◇◇◇

「大翔くん、眠っちゃったね」

「珍しくずっとハイテンションだったからな」

イタリアンレストランで食事を終えて車に乗り込むや、大翔は後部座席のチャイルドシートでこっくりこっくり舟を漕ぎ始めた。憧れのパトレッドと一緒に過ごしたこの半日は、彼にとって忘れられない幸せな時間となっただろう。

「今日はありがとう。夕食までご馳走《ちそう》になっちゃって」

「礼を言わなきゃならないのは俺の方だ。あんなに楽しそうな大翔を見るのは初めてだ。ありがとうな」

「そんな……」

ちらりと視線をやると、助手席で拓真が頬を赤らめてふるふると頭を振っていた。

「大翔くん、いい子だね。素直で可愛くて」

「もう少しやんちゃでもいいかなと思うこともあるけど」

「そういうの、ないものねだりって言うんだよ」

拓真がチッチッと人差し指を振る。冴島は「そうだな」と苦笑した。

「この位置関係、なんかちょっと変な感じがするね」

「位置関係?」

「冴島さんの私有車に乗ることとあんまりないから。しかも助手席だし」

「ああ、確かに」

移動用のワンボックスカーでは、最後部座席の左側が拓真の定位置だ。タイムパフォーマンスを上げるため、そこで弁当を食べたり仮眠を取ったりする。

「たまにはこの距離感もいいね」

うっかり「そうだな」と答えそうになる。

「……そうか」

「手を伸ばせば届くし？」

横顔に拓真の視線を感じる。どんな目をしているのかは見なくてもわかる。冴島が何も答えずにいると、拓真はふっと無言で笑ってそっぽを向いた。こんなふうにかわされることにはもう慣れっこなのだろう。

三日前の昼、拓真を迎えに行こうと準備をしていた時だった。大翔が熱を出したので迎えに来てほしいと保育園から連絡があった。慌てて事務所に電話を入れ、重森にピンチヒッターを頼み園に駆けつけた。熱のせいでくったりしていた大翔だったが、受診した小児科で「風邪」との診断をもらい帰宅する頃にはすっかり元気になっていた。熱もほぼ平熱まで下がっていた。

ホッとする暇もなく、シッターの千絵《ちえ》にバトンタッチをしてロケ現場へと向かった。ところが屋上の現場に到着したところでふたたびスマホが鳴った。大翔からだった。すわまた熱が上がったのかと慌てて通話ボタンを押したが、幸い大した用はなかった。単にパパの声が聞きたかっただけだとわかり安堵したのも束《つか》の間、背後を振り返ると呆然とした様子で拓真が立ち尽くしていた。

――それにしても、拓真があんな真似《まね》をするとは……。

いきなりスマホを奪われるとは夢にも思っていなかった。しかもそのまま『家に遊びに行く』と、勝手に約束を取りつけてしまったのだから、怒りも驚きも通り越して絶句するしかなかった。拓真の隠し持った一面を垣間見《かいまみ》た気がして、正直ドキリとした。

――拓真を家に招く日が来ようとは。

いや、心のどこかで覚悟はしていたのだ。しかしその訪れはあまりにも唐突で、危うく平常心を失いそうになった。大翔の存在は頃合いを見計らって打ち明けるつもりだったが、想定外のタイミングで不意打ちを食らってしまった。

息子がいる。ただそのひと言を告げるのに、冴島がことのほか慎重になっていたのには理由がある。一昨日、帰りの車の中で案の定拓真はこんなことを口にした。

『もしもまた大翔くんが風邪ひいたりしたら、遠慮なく言ってよね。おれももう新人じゃないし、ひとりでも大丈夫だから』

ハンドルを握りながら、冴島は舌打ちをした。予想していた通りの反応だったからだ。

『余計な心配をするな』

思わず口調が強くなってしまった。

――こうなるから教えたくなかったんだ。

冴島が大翔の存在を拓真に隠していた理由は、まさにそこにあった。

アイドル顔負けの大きな瞳と涼やかな笑顔で、デビューするなりあっという間にお茶の間の人気を博すまでになった拓真。嫌みのない爽やかさと若者らしいノリのよさが一番の魅力なのだが、カメラの回っていないところでは実に真面目で細やかな気遣いのできる青年なのだ。マネージャーの自分にまで気を回すのだから、おいそれと大翔の存在を打ち明けることはできなかった。

何かとオフレコの多いこの世界だが、一緒に仕事をした関係者から拓真の悪口を聞いたことは一度もない。監督やプロデューサーがくれるアドバイスは時に厳しく耳の痛いものだったりするが、拓真はそれを素直に、そして真摯《しんし》に受け止めている。演技の〝え〟の字もわからない十五歳だったあの日からずっと、地道にひたすらに努力を重ねてきた。おかげでこの頃の演技力には目を瞠るものがあると、冴島は確かな手ごたえを感じている。

自らの手で彼の人生を変えてしまったことへの責任感と、まだ見ぬ未来への期待。どちらが大きいのかは今もよくわからないが、いずれにしても拓真は想像以上によく応えてくれている。

「すっかり暗くなっちゃったね」

窓の外を流れる街の灯りに、拓真が「きれいだなぁ」と呟いた。その横顔がハッとするほど艶っぽくて、冴島は思わず視線を逸らした。

キラキラの王子さま――。ファンの目に映るのは、拓真のほんの一面だ。あどけなさの残る表情の裏側で、時折ハッとするほど妖艶な色を垣間見せることがある。演技と素顔の間のほんのわずかな隙間に隠し持った顔。その表情をいつの日か演技に生かしてほしいと願う一方で、誰にも気づかせたくないと思う自分もいて。

——なんてことを考えている時点で、俺はマネージャー失格だな。

過った思いの苦さに、冴島は小さく嘆息する。

「大翔くんのお母さんってどんな人？」

唐突に拓真が訊ねた。冴島は少し考えて口を開いた。

「あいつの母親のことは、実はあまりよく知らない。父親のことならよく知っているが」

その意味を俄《にわか》には解せなかったのだろう、拓真がきょとんと首を傾げた。

およそ三年前、冴島は大学時代の親友を交通事故で亡くした。助手席に乗っていた彼の妻と共にほぼ即死だったが、後部座席のチャイルドシートに乗っていた二歳のひとり息子だけが奇跡的にほぼ無傷で助かった。

両親の死をまだ知らないのだろう、病院のベッドですやすやと眠る幼子の寝顔を見て、冴島はまるで天使のようだと思った。

「それが大翔くん……」

冴島はハンドルを握ったまま「ああ」と頷いた。

「あいつにも奥さんにも、身寄りと言えるほどの親戚はいなかった」

「それで冴島さんが……」

もちろんすぐに決断できたわけではない。折しも『警察総隊パトローラー』の撮影が開始されたばかりで、連日緊張と疲労の嵐に見舞われている拓真のフォローに追われる日々だった。それでも最終的に大翔を引き取って育てる決意をしたのは、冴島の性指向が関係している。

思春期に自分がゲイだと自覚した時から、子供を持つことは無理だろうと諦めていた。第二の性がアルファなので、オメガとの出会いがあれば叶わなくもないが、人口におけるオメガの比率を考えればその確率はとても低い。それ以前に相手がオメガだからというだけの理由でパートナー候補と認識すること自体が失礼なことだと冴島は思う。

「人と人の出会いにはすべて意味があると俺は思っている。俺は、大翔を育てるようにと神さまから託されたんだ」

「神さまから……」

拓真がそっと胸元に手を当てた。シャツの中にいつも下げているロザリオに触れているのだろう。

「どうして教えてくれなかったの？　おれ、そんなに信用ならない？」

お前に余計な気遣いをさせたくなかったからだ——。本音は胸の奥にしまい込む。

「お前は俳優として大事な時期だった」

大翔を育てることにしたよ。だから安心して眠ってくれ。夫妻の墓前にそう報告に行った日は、奇《く》しくも『警察総隊パトローラー』の第一回の放映日だった。打ち明けると、拓真は「そうだったんだ」と感慨深げに目を伏せた。

「大翔くん、将来は警察官になりたいって言ってた。子供部屋で遊んでいる時に。もしかしてご両親が交通事故で亡くなったこと、覚えているのかな」

「はっきりとした記憶はないらしい。けど」

確実に心に傷を負っていると冴島は感じている。二歳の大翔にとって、両親は彼の世界のほぼすべてだっただろう。それがある日突然消えてしまった。声を聞くことも抱きしめてもらうことも、二度と叶わなくなってしまったのだ。事故の瞬間の記憶はなくとも、その事実がどれほど残酷なものなのかは想像に難くない。

「基本的に聞き分けのいい子なんだけど、時々さっきみたいに急に不安がって、甘えてきたりする。きっかけはいろいろだ。記憶は定かじゃないが確実に味わっただろう恐怖や悲しみが、不意に襲ってくるんだろうな」

「じゃあ、もしかしてさっきも……？」

「ああ、多分な」

今日は「せっかく仲良くなった拓真との別れ」が引き金になってしまったのかもしれない。どこかを痛めたように拓真が眉根を寄せた。自身も両親を一度に失っている彼には、大翔の気持ちが痛いほどわかるのだろう。

大翔が四歳になったばかりのことだった。保育園の前の道路で車同士の接触事故があった。幸い怪我人は出なかったのだが、園庭にいて運悪くその瞬間を見てしまった大翔は、ショックでその場で嘔吐《おうと》してしまった。

「それから一週間、保育園を休んだ」

来る日も来る日もしくしくと泣くばかりの大翔に、冴島はある日『警察総隊パトローラー』のＤＶＤを観せてみた。すると他のヒーロー物にはまるで無関心だった大翔が、初めて興味を示したのだ。

『大翔、パトローラーは格好いいか？』

『うん……かっこいい』

『パトローラーが大活躍して、交通事故のない世界になればいいな』

それは大翔にというより冴島自身に向けた呟きだったのだが、翌日の朝、大翔は自分から『ぼく、ほいくえん、いく』と言ったのだ。

「それ以来、俺は『警察総隊パトローラー』グッズ集めの鬼になった」

「あはは」

「唯一ゴールドバッジだけはなかなか手に入らなかったから助かった。ありがとうな」

拓真は俯き加減にふるんと頭を振った。

「大翔くん、本当にめちゃくちゃいい子だね」

「親バカだが、俺もそう思う」

「それって冴島さんがいいパパってことでしょ」

「それはどうかな。グッズで子供の機嫌を取る悪い父親だ」

「それでもいいパパだよ。大翔くんがどれだけ冴島さんのこと大好きなのか、見ていれば
わかるよ」

　拓真はそう言って、助手席のシートに深く身体を沈めた。

「遠足とか運動会とかの日はさ、遠慮しないで重森さんに——」

「それを考えるのはお前の仕事じゃない」

思わずきつい口調になる。しまったと思った時には遅く、拓真は叱られた仔犬《こいぬ》のように
しゅんと項垂れてしまった。拓真に心配をかけたくない、ただそれだけなのにどうしてこ
んな大人げない言い方をしてしまうのだろう。

「大翔は大切な息子だ。しかしそれと仕事は別だ」

拓真の自宅マンションが見えてきた。重い沈黙を乗せて、車はスロープを地下駐車場へ
と下っていく。

「俺にとってはお前も大翔も、同じようにかけがえのない存在だ」

拓真がハッと顔を上げる。頼りなく揺れる瞳に、冴島の胸は締めつけられる。

「弊社所属の大事な俳優ってことだよね。じゃ、また明日」

地下出入り口の前に車を横づけすると、拓真はさっさと車を降りてしまった。そして冴島が降りるのを待たずに出入り口へ向かう。冴島は急いで運転席を降りた。

「拓真！」

その呼び声に、拓真がドアの手前で足を止める。冴島はゆっくりと彼の背中に近づいた。

「俺が全身全霊を傾けて育てたい、守りたい俳優は、神林拓真以外にいない」

噛んで含めるように告げると、拓真は肩越しに小さくこちらを振り返った。耳朶《じだ》がほんのりと朱に染まっているのが見えた。

「そういうクサイ台詞、冴島さんに似合わない」

憎まれ口を叩きながらも、その口元は柔らかく綻んでいた。

――拓真……。

込み上げてくる感情を、抑えることができなかった。

「クサくて悪かったな」

「別にいいけどさ」

「してよ……」

拓真がゆっくりと振り返った。

「……え」

「ハグ。最近全然してくれないじゃん」

上目遣いに潤んだ瞳を向けられ、心臓がドクンと跳ねた。

いつものようにさりげなく拒絶しろと理性が囁《ささや》く。大丈夫だ、人の気配はない。ハグしてやれよと言い寄る本能。せめぎ合いの中で冴島は手を伸ばす。

――拓真……。

どうせしてくれないんだろうと諦めていたのか、腕に抱いた瞬間、拓真のほっそりとした身体がビクンと小さく震えた。

「九十三日ぶり」

胸に頬をすり寄せ、拓真が呟く。

「ん？」

「……ハグ」

数えるほど待ち焦がれていたのかと思うとたまらない気持ちになった。突き上げてくる感情と闘いながら腕にぎゅっと力を込めたその時だった。ドアの向こうから話し声が聞こえてきた。

冴島は素早く拓真から離れた。拓真が手にしていたキャップを目深に被ると同時に、ドアが開いて夫婦らしきふたり連れが出てきた。冴島は彼らの視界に拓真が入らないようにさりげなく立ち位置をずらす。幸いふたりはこちらを振り向くことなく、真っ直ぐ自分たちの車に乗り込み去っていった。

安堵すると共に、腋に冷たい汗が流れる。拓真も同じ気持ちらしく、ふうっとひとつ大きなため息をついた。住んでいるマンションを特定されただけでも一大事なのに、男とハグしているところを見られた日には、週刊誌に好き勝手な記事を書かれ、取り返しのつかない事態になるところだった。

「やっぱ。久々に超ビビッた。危なかったね」

いたずらで大人を欺《あざむ》くことに成功した少年のような明るい表情で、拓真が左胸を押さえる。その明るさだけが救いだった。

「……ああ」

「でも顔見られなくてよかった。冴島さんが上手く隠してくれたから」

素直に「ありがとう」と微笑む拓真の顔を、まともに見ることができない。

「おれ、階段で上がるね」

「あ、ああ、気をつけろよ」

「わかってる。じゃ、また明日」

気丈に手を振って、拓真は階段を上がっていった。部屋は二階の角部屋だ。エレベーターが混雑している時間帯、階段を使う可能性を考慮して選んだ部屋だ。

階段を駆け上る拓真の足音が聞こえなくなるのを待って、冴島は車のドアに手をかけた。

後部座席の大翔はすやすやと眠っている。

――俺は……。

『いいか、拓真。今後は自分の部屋に入って鍵をかけるまで、決して油断するな』

拓真が『警察総隊パトローラー』のオーディションに受かり、レッドを演じることが決まった時、冴島が真っ先に伝えたことだ。一歩外へ出たらプライベートは忘れろ。常に俳優・神林拓真を演じろと。

――それなのに俺は……。

『してよ……』

潤んだ瞳で見つめられた瞬間、理性がぐらりと傾いだ。まるで何かに搦《から》め捕られるように手を伸ばし――結果、彼を危険に晒《さら》した。拓真には油断するなと口を酸っぱくして指導してきたくせに、一体この有様はなんなのだ。

――いや違う。油断以前の問題だ。

五年前、年の瀬の繁華街で拓真に出会った。前方からふらふらと歩いてくる男子中学生に、冴島は思わず息を呑んだ。ついに原石を見つけた。静かな興奮が胸に渦巻いていた。

芸能の世界で他を圧倒するほどのし上がっていくためには、キラリと光る何かが必要だ。努力が必要なのは当然だが、同じくらい持って生まれたものが大切だ。高い場所に上れば上るほどその残酷な事実を突きつけられる。実に厳しい世界だ。

拓真の纏う雰囲気に圧倒された冴島だったが、すぐにその表情の暗さに気づいた。後日、不慮の事故で急逝した両親の四十九日法要の直後だったと聞かされ、仰天するのと同時に『それで』と得心したことを覚えている。

世にも暗い目をした少年。けれど間違いなく磨けば光る。

今すぐ声をかけたい。しかし……。逡巡《しゅんじゅん》しながら後をつけた冴島の目の前で、少年が風体の悪い男に絡まれた。冴島は迷うことなく駆け寄り、声をかけた。

スカウトと保護が、相半ばする出会いだった。

『興味……芸能界に……なくも、ないかも』

縋るようなあの日の拓真の瞳を、おそらく生涯忘れることはないだろう。仄暗《ほのぐら》さの中に見え隠れする光の美しさに、うっかりすると吸い込まれてしまうような気がした。

原石を見つけたという興奮。そして庇護欲。冴島はすぐに彼の親戚に了承を取りつけた。

『心配するな。お前が一人前の役者になるまで、どんなことをしてでも俺が守ってやる』

そう約束したのに。

ため息混じりに車に乗り込む。もう何年もやめている煙草が欲しくなるのはこんな瞬間だ。後部座席の大翔の寝顔を振り返り「大丈夫。吸わないよ」と呟いた。

拓真が自分に寄せる特別な感情には、とうの昔に気づいている。毎日のように顔を合わせ、朝から晩まで行動を共にしているのだから、気づかない方がどうかしている。ある時はこっそりと物陰から、ある時は面と向かって、拓真はその熱を伝えようとする。

気づいてよ、冴島さん。ねえ、わかってるんでしょ、おれの気持ち——。

気づかないふりをしながらひっそりと胸を痛め続けるうち、気づけば五年が過ぎていた。意地悪をしているわけではない。拓真は自社の俳優、つまり言葉は悪いが商品だ。それもとびきりの売れ筋。『北原エージェンシー』の数いるタレントの中でも、拓真は今もっとも期待されている俳優と言っても過言ではない。手を出すなど禁忌中の禁忌だ。

それなのに拓真の瞳が揺れるのを見て、一瞬ここがどこなのかを忘れた。マンションの敷地内とはいえ、誰の目があるかわからない場所でハグをした。

さっきのふたりがもし夫婦を装った週刊誌のカメラマンだったら、こっそり写真を撮られでもしたら、自分は一体どう責任を取るつもりだったのだろう。

——何をやっているんだ、俺は。

エンジンをかけることも忘れ、冴島はハンドルに額を預けた。

拓真の気持ちを知っていても、気づかないふりをすればいい。応えなければいい。自分は拓真を俳優として見守り育てればいい。それだけの話なのにいつの頃からだろう、拓真にハグする直前、深呼吸をして自身を落ち着かせなければならなくなった。

最初は落ち込んだ拓真を励ますためだった。大丈夫、俺がついていてやるから元気を出せよと。けれどこの頃拓真を抱きしめる瞬間、冴島の胸に去来するのは当初のような単純で純粋な感情だけではない。

拓真に惹《ひ》かれている。俳優としてだけではなく、ひとりの男として。

胸の一番奥底に沈め、決して見ないようにしている感情が、時折ふわりと浮かんできそうになる。慌てて重石に括《くく》りつけ、もう一度深く深く沈める。どうか二度と浮かんでこないでくれと願いながら。

しかし一度認めてしまった感情から目を逸らし続けることは、思うよりずっと困難だ。

さらに問題なのは、冴島はアルファであり拓真はオメガだということ。その事実はある意味職務上の倫理より重い。ひとたび理性でコントロールできない状況に陥れば、取り返しのつかない事態を招く。だからオメガである拓真はもとより、アルファの冴島も日々の抑制剤を欠かさない。抑制剤の服用がふたりにとっての命綱なのだ。

万にひとつも間違いがあってはいけない。そう肝に銘じてきたはずだったのに。

「パパ……」

大翔の声に、冴島はハッと我に返った。

「大翔、起きたのか」

「……拓真くんは？」

「お家に帰ったよ」

「ええ……バイバイって、言いたかったのに」

寝ぼけ眼の大翔が、不満げに口を尖らせた。

「今日はパトレッドに会えてよかったな」

「うん。すごくたのしかった。あ、でももしかして、ゆめだったのかな」

大翔の顔が、急に不安げに曇る。眠って起きたら拓真がいなくなっていたのだから、そう思うのも無理もないだろう。

「夢なんかじゃないよ。胸、見てごらん」

拓真につけてもらったゴールドバッジを指さすと、大翔はパッと破顔した。

「よかったぁ。パパ、拓真くんに『またあそびにきて』ってたのんでくれる?」

「……ああ、そうだな」

やったあ、と大翔が嬉しそうな声を上げた。思い出したようにエンジンボタンを押しながら、冴島は「何をやっているんだ、俺は」と誰にともなく呟いた。

「大翔、連絡ノートはどこだ」

「リュックに入れた」

「ダメダメ、パパ、まだコメントを書いてないんだ」

シッターの千絵がやってくるまであと十分。冴島家の朝はいつもバタバタと忙しい。

冴島は登園用のリュックサックから連絡ノートを取り出す。昨日、大翔がレストランで苦手だったピーマンを初めて食べられたことを、担任の保育士に知らせなくてはならない。

「えーと【久しぶりの外食で】と」

「ねえ、パパのいっちばん好きなやさい、なあに？」

「ピーマン。……えー【パスタソースにピーマンが混じっていることに――】」

「ピーマンが好きなんて、へんなの。じゃあパパのいっちばん、すきないろは？」

「緑。【気づかなかったのかもしれませんが――】」

「じゃあ、パパのすきなじょゆうさんは？」

「好きな女優は――」

連絡ノートから顔を上げると、テーブルの向かい側で大翔がメモのようなものに何やら書き込んでいる。

「おい大翔、何を書いているんだ」

「え？　これはね、パパの――」

言いかけて、大翔は慌てて口を噤《つぐ》む。

「おしえない。ヒミツだから」

「秘密って――あ、おい、待ちなさい大翔」

大翔はメモをたたむとポケットにねじ込み、「ヒミツだもーん」となぜか嬉しそうに廊下に出ていってしまった。さしずめ昨日、拓真と探偵ごっこをする約束でもしたのだろう。やれやれと苦笑したところでインターホンが鳴った。

「大翔、千絵さんが来たぞ。用意しなさい」

「はあい！」

滅多にないほど元気に答える大翔に、冴島は「レッドのおかげだな」と呟いたのだった。

やってきた千絵にバトンタッチをして家を出る。その瞬間、冴島の頭は仕事モードにカチリと切り替わる。渋滞もなく、一時間ほどで拓真のマンションが見えてきた。

『ハグ。最近全然してくれないじゃん』

昨夜の潤んだ瞳が蘇りそうになり、ふるんと頭を振った時だ。ホルダーに固定したスマホが着信を知らせた。表示された名前に、冴島は思わずブレーキペダルを踏み込む。どうやら待ち焦がれていた連絡が来たらしい。

マンションの正面に車を停めて、鼓動の高まりを抑えつつ通話ボタンを押す。通話の相手が開口一番告げたのは「おめでとうございます」だ。待ちに待った第一報を受け、冴島は柄にもなく拳を突き上げそうになった。

興奮冷めやらぬまま通話を切ると、助手席の窓がコンコンとノックされた。拓真だった。冴島は慌ててロックを解除する。

「おはよう～」

欠伸《あくび》混じりに乗り込んでくる人気俳優を、冴島は「バカ」と叱りつける。

「なんで下で待ってなかったんだ」

乗り降りは地下駐車場でと決めてある。

「だって遅いからさぁ」

約束の時間を一分でも遅れる時は必ず連絡をくれる冴島が、五分過ぎても連絡をよこさない。メッセージを送っても既読がつかない。不安になってエントランスに下りてみると、見慣れたワンボックスカーが停まっていたのだという。

「もしかして『明日はエントランスにいろ』って言われたの、おれが忘れてたのかもって思ったんだ」

「連絡なしに遅くなったのは悪かった。電話がかかってきたんだ」

「電話?」

きょとんとする拓真に向かって、冴島は深く頷いた。

「決まったぞ。例の役」

例の、で通じるほど待ち焦がれていたオーディション結果はひとつしかない。

「例のって、まさか」

拓真が大きく目を見開いて後部座席から身を乗り出した。

「ああ。その、まさかだ。高城《たかぎ》監督の秘書さんから直々に電話があった」

「う、ううう、うそ」

「うそをついてどうする。詳細は追って連絡をくれるそうだ。おめでとう、拓真。ついに映画初主演だな」

高城は近年の日本映画界を代表する名監督だ。その高城が五年ぶりにメガホンを取る新作映画だけあって、先月行われたオーディションにはプロアマ問わず、多くの俳優が応募していた。難しい役どころだというのに、応募総数は千人を超えたという噂だ。

その中からただひとり、拓真が主役に抜擢《ばってき》された。冴島の胸は震える。

「監督は『バディ！』でのお前に注目していたそうだ。それにオーディションでもイメージも演技も、お前がダントツだったそうだ」

「冴島さん……」

拓真が顔をくしゃりと歪《ゆが》ませた。人知れず重ねてきた努力が実を結んだ瞬間だった。

「よかったな、拓真」

「……うん」

車内でハイタッチでも要求されるかと覚悟していた冴島だが、意外にも拓真の反応は冷静だった。

「どうした。嬉しくないのか」

「嬉しいに決まってるよ。ただ」

拓真の瞳に、これまで見せたことのない強い光が宿った。

「すごく緊張もしている。おれの演技いかんで映画の出来が変わっちゃうわけだから」

それはドラマであっても同じなのだが、『バディ！』の場合、ダブル主演とはいえ拓真は佐野宮柊という大看板に支えられている部分が多い。主役は自分ひとりきり。その責任感を、拓真は早くも感じているのだろう。

「おれ、めちゃくちゃ頑張るよ、冴島さん。神林拓真を抜擢して正解だったたって、監督に言ってもらえるように」

「ああ、そうだな」

その凛《りん》と引き締まった表情に、冴島はうっかり見惚れる。昨日、大翔と無邪気にはしゃいでいた二十歳の青年とはまるで別人の、俳優・神林拓真の顔だった。

「わあ、でもマジで信じられないよ。これ、まさかの夢オチとかないよね」

ぶるんと身震いする拓真に、冴島は脱力する。

「お前は大翔と同レベルか」

「へ？」

「なんでもない。さ、行くぞ」

なんでここで大翔くんが？　と目を瞬かせる拓真を乗せ、冴島は今日のロケ現場へと向かうべくアクセルを踏み込んだ。

◇◇◇

「拓真っち、チョコ食べる？」

休憩時間に入るや、怜奈がバッグからチョコレートの大袋を取り出した。

「一個もらおうかな。てか怜奈ちゃん、ホントにお菓子好きだね」

「他にもいろいろあるよ、ほら」

グミ、クッキー、キャンディーと、怜奈はバッグからガサガサとお菓子を取り出す。煎餅まで混じっていたが、冴島に叱責される原因になったポッキーは入っていなかった。もちろん同じ誘いを受けても、今後は断るつもりだ。

「怜奈ちゃん、俺にも一個」

俺にも私にもとキャストたちが集まってくる。ほとんどの出演者が前作『バディ！』からの仲間なので、みんな気心が知れていて、現場はいつも和気藹々《わきあいあい》としている。

「あれ、佐野宮さんは？」

チョコあげようと思ったのにと、怜奈がキョロキョロ周囲を見回す。

「佐野宮さんなら、ちょっと外の空気吸ってくるって、さっき出ていかれましたよ」

スタッフの答えに、拓真は「おれもちょっと出てこよ」と傍らのバッグを摑んで立ち上がった。実はバッグの中に、一刻も早く確認したいものが入っているのだ。

「拓真っち、外で佐野宮さんに会ったらこれあげて」

「了解」

怜奈からチョコを受け取り、拓真はいそいそとB棟の出口へ向かった。

朝一番のことだった。迎えに来た冴島から、拓真は小さな封筒を手渡された。

『大翔からだ。昨夜、お前に渡してほしいと預かった』

封筒の表には、鉛筆で『たくまくんえ』と記されていた。辛うじてひらがなだと判別できる六つの文字はまるで暗号か何かのようで、拓真は思わず表情を綻ばせる。

『この、落とし穴を丸で囲んであるのはなんだろう』

封筒の右上にあるその文字に、拓真は首を傾げた。

『マル秘じゃないか？　「パパはぜったいに見ないでね」としつこく念を押されたからな』

『ああ、なるほど』

落とし穴ではなく、ひらがなの「ひ」だったようだ。苦笑しながら拓真は、大翔報告員による〝冴島調書〟の第一弾が届いたのだと確信した。

ベンチに腰かけいそいそと開いた封筒には、二枚の便箋が入っていた。しかもびっしりと文字が綴《つづ》られている。まだ保育園児の大翔が一生懸命に書いてくれたのだと思ったら、胸がぎゅっと熱くなった。

【たくまくんえ　ぱぱのほうこく　ぱぱのなまえ↓さえじまけんご　ぱぱのすきならめん↓しょゆあじ　パパのすきなてれび↓さかー】

「冴島さん、サッカー好きなんだ……」

書き間違いすら可愛くて、拓真は思わず口元を緩める。

【ぱぱのすきなじょゆ↓おおしまかんな（てんさい）】

じょゆ、はおそらく女優のことだろう。

「おおしまかんな？　聞いたことないな」

冴島が天才だと評するその女優の名を、拓真は知らなかった。

——冴島さんの好きなタイプなのかな……。

急に不安になってスマホを取り出し調べてみると、すぐにヒットした。

【朝の連続テレビドラマで主人公の幼少期を演じる大島カンナちゃん（三歳）は——】

「三歳……ははっ」

拓真は便箋を捲《めく》る。二枚目は日記風の報告のようだ。

【ほいくえんでむしとりしたよ　よるぱぱとげえむしたよ　ぱぱたまにはだかでねる】

二枚目は〝大翔報告書〟だったのかと微笑ましく読んでいた拓真は、なんの前触れもな

くぶっ込まれた冴島の極秘情報に思わず目を剝く。

「パパたまに裸で寝る……?」

裸というのはどの程度のそれなのだろう。単にパジャマを着ていないというのと、いわゆるマッパとでは衝撃度が変わってくる。たまにとはどれくらいの頻度なのだろう。

——ていうか、こんなことまで教えてもらっちゃっていいのかな……。

何はともあれ、さっそく返事を書かなくてはなるまい。とはいえ「パンツははいていますか?」なんて訊けないよなあと苦笑しながら、便箋を封筒に戻しポケットに入れた。

——楽しかったな、あの日。

冴島の家に招かれる日が来るとは思ってもみなかった。大翔の存在がなければ冴島のプライベートに足を踏み入れることなど、おそらく永遠になかっただろう。

——楽しかったんだけど……。

『うん……パパ、だっこ……ぎゅうして』

半べその大翔を、冴島はぎゅっと強く抱きしめた。あれは父親の瞳。わが子を愛おしむ、慈愛に満ちた表情だった。自分をハグする時も、冴島はきっとあんな穏やかな顔をしているのだろう。

——恋愛的な意味合いは、皆無なんだもんな……。

長い腕が自分に向かって伸びてくる瞬間から、胸を震わせているのは自分だけ。表情を確認したことこそないが、冴島はきっと愚図る息子を抱き上げる時と同じ、慈愛の表情をしているに違いない。

恋愛感情などなくてもハグはできる。大翔を抱きしめる冴島の穏やかな表情がそう語っていて、拓真はひっそりと落ち込んだ。

冴島が初めてハグをしてくれたのは、初主演ドラマ『警察総隊パトローラー』の撮影中のことだった。『顔だけ』『演技力ゼロの素人』と、方々から聞こえてくるやっかみ混じりの評判に、拓真は深く傷つき落ち込んでいた。冴島はあの手この手で励まそうとしてくれたが、なかなか笑顔になることができずにいた。

さすがに万策尽きた様子で傍らに佇む冴島に、拓真はダメ元で言ってみた。

『冴島さんがハグしてくれたら、いっぺんで立ち直るんだけどな』

嫌な顔をされたら『なぁんちゃって、冗談』と笑って逃げるつもりだったのだが、冴島の瞳に浮かんだのは嫌悪ではなく困惑の色だった。そして大きくひとつ深呼吸をすると、包み込むように優しいハグをしてくれた。まさか本当にしてもらえるとは思ってもいなかった拓真は、冴島の腕の中で息を止めたままひたすら身を硬くしていた。

『も、もういい』

酸欠になる直前、身を捩って長い腕から逃れた。

『少しは元気になったか？』

『……そこそこね』

真顔で尋ねる冴島に背中を向けたのは、朱に染まった頬を見られたくなかったからだ。

それからというもの拓真がひどく落ち込むと、冴島はハグをしてくれるようになった。

ミスをした選手にコーチがするような励ましのハグだとわかっている。その証拠にハグの直前、冴島は必ず気持ちを整えるように深呼吸をする。仕方がないなというように。それでもハグされる瞬間はいつも胸が震えた。

異様なほどの胸の高まりの意味を知るのに、それほど長い時間は要さなかった。

『警察総隊パトローラー』の第一話は、冴島と一緒に観た。それまではどこか半信半疑でいたのだが、自分の名前がトップにクレジットされるのを見て『ああ本当におれが主演なんだ』とようやく実感が湧いた。感無量だった。

『ここまで来られたのは冴島さんのおかげだよ。ありがとう』

素直に頭を下げたら、涙がほろりと零《こぼ》れてしまった。

『泣くのはまだ早い』

バカだな、と囁く冴島の声はいつになく甘かった。

『そんな台詞はまだ先に取っておけ』

長い腕に搦め捕られる。いつもより強い力で抱きしめられ、いつもより濃厚に冴島を感じた。その瞬間、拓真はもう自分をごまかせないと思った。

──おれ、冴島さんが好きだ。

両親を一度に亡くし、人生のどん底を彷徨《さまよ》っている時、冴島と出会った。毎日一緒にいるのにすぐにまた会いたくなって、できるだけ長く一緒にいたくて、冴島に褒められたくて、認められたくて──。そんな感情も、家族への思慕と同じなのだと思っていた。そう自分に言い聞かせていた。しかしあの日、ついに拓真は気づいてしまった。冴島へのこの思いは、紛れもなく恋愛感情なのだと。

その日の夕方、思いがけずぽっかり時間が空いた。冴島に私用が入ったのだ。拓真はその時間を利用して例の教会を訪れ「好きな人ができました」と神さまに報告した。

拓真が神さまと対話している時間、冴島は「大翔を育てることにした」と友人夫妻の墓前に報告していたのだろう。そう思うと不思議な縁のようなものを感じるのだった。

『俺が全身全霊を傾けて育てたい、守りたい俳優は、神林拓真以外にいない』

冴島がくれた言葉が蘇る。

──冴島さんに認めてもらえるように、もっともっと頑張らなくちゃ。

夢にまで見た映画の主演が決まったのだ。今から緊張で心臓が痛いけれど、全力でぶつかるしかない。拓真は「よしっ」と立ち上がった。と、その時、植え込みの向こう側の通路から話し声が近づいてきた。

「──だぜ？　……だけはないわぁ……」

「俺も思ってた」

「どう考えても、あの役は神林のイメージじゃない。絶対に」

突然自分の名前が飛び出し、拓真は咄嗟に植え込みの陰にしゃがみ込んだ。

「原作って、もうちょいシャープな印象じゃなかった？」

「そうそう。その通り」

相槌《あいづち》を打つ男性の声には聞き覚えがあった。映画のオーディションの最終面接で一緒だった若手俳優だ。別の棟で撮影をしていたのだろう。拓真は蹲《うずくま》ったまま身を固くする。

「でもってストーリーはドシリアス。神林とはイメージ真逆だろ」

「だよなあ。あの童顔のアイドル顔が、なんで抜擢されたんだろ」

「さあ。なんかコネでもあったんじゃないの？」

「そういや神林のマネ、やり手だって聞いたことがある。監督に媚《こび》でも売ったとか？」

「それだ。あーあ、やな世界だな。俺もやり手のマネが欲しいわ」

話し声が遠ざかり、聞こえなくなるのを待って拓真はのろりと立ち上がった。

映画の原作はもちろん拓真も読んだ。人間という生き物の本質に迫るような圧巻のストーリー展開にページを捲る手が止まらなくなり、ひと晩で読み切ってしまった。この主人公を演じてみたいと強烈に感じ、珍しく拓真の方から冴島に『オーディションを受けさせてほしい』と願い出た。だからこそ主演を勝ち取ったという知らせを受けた時は、心の底から嬉しかった。

——コネなんてないから。

拓真は拳をぎゅっと握りしめる。俳優として、自分がまだ半人前だということはよくわかっている。だからどんな厳しい評価も甘んじて受け入れる。しかし冴島が監督に媚を売ったなどという、根も葉もない発言は聞き逃すことができない。自分は何を言われてもいい。冴島を貶《おとし》めるような発言だけは絶対に許せない。

「圧倒してやるから、見てろよ」

拓真は低く呟いた。コネでもなく、媚を売ったわけもない。あの役は神林拓真以外になかったねと、観客全員が納得してくれるような演技をしよう。腹の底に力を入れ、ふんっ、とひとつ頷いたところで、手のひらの中のチョコレートに気がついた。

「ヤバ、ちょっと溶けたかも。佐野宮さんどこ行ったんだろ。ベンチかな」

C棟の裏手には小さなベンチがいくつか並べられていて、ちょっとした休憩場所になっているのだ。拓真はB棟の表に回るとC棟へと向かって歩きだした。

推察はビンゴだった。一番手前のベンチに腰かけている柊の横顔が見えた。隣に座っている若い男性と話をしている。スタッフだろうか、それとも柊の事務所の人間だろうか。声をかけるのが躊躇《ためら》われるほど親密そうな雰囲気を感じ、踵を返そうとした時だ。柊がベンチから立ち上がった。ほぼ同時に隣の青年も立ち上がる。ほんのり頬を染めたその横顔には見覚えがあった。

――あの人、確か……。

記憶が蘇るより先に、柊の手が青年の両肩にかかった。そして。

「……っ！」

声を上げなかった自分を褒めてやりたい。映画やドラマの中ではない、生身の佐野宮柊のキスシーンに、拓真は目を伏せることも忘れて呆然と見入ってしまった。

その場に立ち尽くす拓真に気づくことなく、柊はその場を去っていった。どうやら拓真が来たのとは別ルートでB棟へ戻ったらしい。拓真はホッと胸を撫で下ろす。今顔を合わせてしまったら、お互いさすがに気まずい。

――そっか、彼が佐野宮さんの運命の……。

あれはおよそ半年前、この撮影所で『バディ！』の撮影をしていた時だった。スペースの片隅で柊のマネージャーの白坂《しらさか》が見知らぬ青年と話しているのが目に入った。後でそれとなく白坂に尋ねてみると、佐野宮家の新しいキッズシッターだと教えてくれた。

顔を見たのはほんの一瞬だったけれど、どこか暗い表情だったことを覚えている。柊が『運命の番』と出会い番になったらしいと風の便りで聞いたのは、それから間もなくのことだった。

――見なかったことにしよう。

ふたたび踵を返そうとした時だ。柊の背中を見送っていた青年が、おもむろにこちらを振り返った。

「……あっ」

しまったと思った時には、正面から視線がぶつかっていた。青年も拓真以上に驚いた様子で「あっ」と声を上げた。十数メートルの距離を置いて会釈を交わす。逃げるわけにもいかなくなり、拓真はベンチの方へ歩いて向かった。

「神林拓真さん……ですよね」

先に声を発したのは、青年の方だった。

「はい。あなたは佐野宮さんの」

「佐野宮家でキッズシッターをしている、並木《なみき》楓太《ふうた》といいます」

青年が消え入りそうな声で自己紹介をする。やはり記憶違いではなかったようだ。

地味な黒縁眼鏡のフレームに、少し長めの前髪がかかっている。大人しそうな印象は以前と変わらないが、その表情にはあの時のような暗さはなかった。

「あ……あの、ですね、その」

楓太の頬がみるみる赤く染まっていく。先刻のキスシーンをリアルに思い出し、拓真まで頬が熱くなってきた。

「えっと、その、大丈夫です。おれ、何も見ていませんから」

「へ？」

「あっ」

――うわあ……最悪。

己の失言に気づき、拓真は天を仰いだ。謝罪の言葉を探していると、目の前で楓太がぺこりと頭を下げた。

「ごめんなさい。変なところ見せてしまって」

そんなっ、と拓真は頭を振る。

「絶対に誰にも言わないって約束します。だから安心してください」

「ありがとうございます」

声色に少しだけ安堵が混じった。ふんわり優しい声色と柔らかな物腰には、対峙《たいじ》する者を包み込むような温かさがある。感じのいい人だなと思った。

「おれの方こそ、あの時はすみませんでした」

「あの時？」

「並木さんとおれ、初めましてじゃないですよね？」

「あ……」

半年前の出来事を思い出したらしく、楓太は「そうでしたね」と頷いた。

「言い訳すると長くなっちゃうんですけど、あれは佐野宮さんには全然責任はなくて、全部おれのせいというか……ホント、すみませんでした」

拓真が頭を下げると、今度は楓太の方が「そんなっ」と両手を振った。赤い頬がさらに赤くなる。

「気にしないでください。結局あの記事、やらせだったわけだし」

「知ってたんですか？」

「はい。佐野宮さんから」

「そっか……そうですよね」

番なんだから。呑み込んだ台詞が伝わったらしく、楓太はまた頬を赤らめた。

「佐野宮さん、いつも神林さんのこと褒めていますよ」

「え？　ホントですか？」

「はい。久しぶりに見どころのある若手が出てきたって」

「うそっ、マジっすか」

思わずタメ口になってしまう拓真に、楓太も「マジマジ」と合わせてくれた。

「これからが楽しみだって」

「うわあ、マジかぁ。嬉しすぎて鼻血出そうなんだけど」

喜びに身を捩ると、楓太は「あはは」と笑った。聞けば楓太は拓真よりひとつ年上の二十一歳だという。

「佐野宮さんの弟さんって、確か双子なんだよね？」

「うん。やんちゃ盛りの男の子がふたりだからもう、毎日が運動会みたいなもの」

「あはは、大変そう」

「体力勝負だからね。おかげでほら」

楓太はほっそりとした腕をくいっと曲げ、力こぶを作ってみせた。その表情は幸せに満ちていて、どこか誇らしげでもあった。

「ジムに行かなくても筋トレできちゃいそうだね」

「本当にそんな感じ。最近、腹筋も若干割れてきたし」

そう言われてみれば、楓太は以前と比べて顔の印象がシャープになった気がする。年齢はひとつしか違わないのに、拓真とは比べ物にならないほど大人っぽい。

拓真がそれを指摘すると、楓太は「え、そうかな」と首を傾げた。

「特に痩せてはいないと思うんだけど……ああでも、ふたりにご飯食べさせるのに必死で、たまにうっかり食べそびれたりするからなあ」

自分の頬を両手で挟んでみせる楓太は、やっぱりとても幸せそうだった。

同じ年頃の俳優仲間もいるにはいるが、事務所が違えば気を使うしプライベートな話はあまりできない。その点楓太とは高校時代の友達のように、気兼ねなくなんでも話せそうな気がした。楓太の方も同じように感じてくれたらしく、「今度ご飯でも食べよう」と笑顔で誘われ、拓真は一も二もなく同意した。

連絡先を交換し、楓太と別れた。そろそろ撮影再開の時間だ。

B棟へと急ぎながら、拓真は楓太との会話を反芻《はんすう》していた。

――顔がシャープになると、一気に大人っぽくなるんだよな。

当たり前のことにあらためて気づかされた。

『でもってストーリーはドシリアス。神林とはイメージ真逆だろ』

『だよなあ。あの童顔のアイドル顔が、なんで抜擢されたんだろ』

植え込みの陰に蹲って聞いた会話が蘇る。

――おれだってもうちょっと痩せれば……。

原作の主人公の印象にぐっと近づけるかもしれない。映画のクランクインまで三ヶ月ある。それまでにシリアスなストーリーにふさわしい大人顔に変貌するのだ。

「よし、決めた。ダイエットだ」

拓真はむんっ、と強く頷いた。


翌日から拓真は本格的にダイエットを開始した。朝食は水分のみ。昼食のロケ弁はおかずを半分だけ食べてご飯には手をつけない。夕食はキャベツをメインにしてタンパク質を少しだけ。外食は誘われても断る。ニンニクと背脂増し増しのラーメンなどもってのほか。

お菓子もジュースも当分お預けだ。帰宅後には軽い筋トレも取り入れることにした。

かなり厳しめのルールを課したおかげで効果はすぐに表れた。最初の三日で体重が二キロ落ち、身体が軽くなった気がした。時間ギリギリまで布団から出られず冴島に叱られるのが常だったのだが、ダイエットの成果が気になって早朝に目覚めるようなった。

不思議なほど空腹は感じなかった。日に日に顎のラインがシャープになっていくのがわかり、鏡を見るのが楽しみだった。

拓真の変化に最初に気づいたのは怜奈だった。ダイエット開始から一週間目、ロケ先での休憩中、いつものお菓子タイムが始まった。

「はい、拓真っち、チョコどうぞ。今日のは新作の抹茶味だよん」

「ああ……ありがとう。でも今日は遠慮しとく」

「え、また？」

昨日も一昨日も、怜奈からのお菓子のお裾分けを断っている。

「拓真っち、もしかして体調悪い？」

「全然。むしろ絶好調」

内心ドキリとした。それならどうして突然お菓子を食べなくなったのかと思っているのだろう。美容に関しての彼女の感度はとても鋭い。

「ほ、ほら、ニキビが出るとマズイからさ」

「ニキビ？　そんなゆで卵みたいな肌して何言ってんのよ」

怜奈が疑念の籠もった目を眇《すが》めた。

「拓真っち、ちょっと痩せたんじゃない？」

ダイエットをしていることは周囲には内緒にしている。拓真は「そ、そっかな」と顎を擦りながら視線を逸らした。

「絶対に痩せたよ。自覚ないの？」

「別に……っていうか多分アレだ。最近夜に筋トレ始めたんだ。腹筋とか。そのせいだよ」

にっこり笑ってみせたが、怜奈は笑わなかった。

「腹筋で目の下にクマとかできないと思うけど」

「クマ？」

慌てて目の下を触る拓真をちらりと見やり、怜奈は「それも自覚ないんだ」と嘆息した。

「詮索する気はないけどさ、無理なダイエットはしない方がいいよ」

突然の直球に、拓真はぎょっと目を見開いた。

「お、おれ、別にダイエットなんて」

「あたし、昔めちゃくちゃなダイエットして危うく死にかけたことあるの」

女優として本格的なデビューが決まった頃、怜奈は過度なダイエットを試みた結果、舞台稽古の最中に倒れてしまったのだという。

「栄養失調だった。髪が抜けても生理が止まってもやめられなかったの。痩せないと、もっときれいな子に役を取られちゃうような気がして……」

怜奈は手のひらのチョコレートをじっと見つめながら「バカだったよね」と呟くように打ち明けた。

「この世界は厳しいから、たまに間違った方向に頑張っちゃうこともある。みんな当たり前みたいに頑張ってるしね。でもやっぱ健康第一だよ？　拓真っちに倒れられたら、みんな困っちゃうよ？」

「怜奈ちゃん……」

拓真が項垂れると、怜奈はようやくその目元を和らげた。

「そんな顔しないで。拓真っち、見た目より真面目だからちょっと心配になっただけ」

「……うん」

「はい、今すぐ食べなくてもこれは拓真っちの分だから。あれ、佐野宮さんまたいない。どこ行ったのかな」

拓真の手のひらに小さなチョコレートを乗せると、怜奈は柊を探してどこかへ消えてしまった。その背中を見送りながら、拓真の心は揺れていた。

——おれは……倒れたりしない。

髪など抜けていないし、そもそも生理はない。体調だって悪くない。

捨てるのも申し訳なくてチョコレートをポケットにねじ込んだ時、背中をポンと叩かれた。怜奈や柊と同様に、前作から共演している俳優の瀬田《せた》だった。

「お疲れ～、拓真っち」

怜奈の真似をして、この頃では五十代の瀬田まで「拓真っち」と呼ぶ。拓真は苦笑しながら「お疲れさまです」と先輩俳優に会釈をした。

「まだ残ってるの？」

「はい。あと二カット。瀬田さん、今日は上がりですか」

「うん。久々に早く上がれたからジムにでも行こうかなあ」

「瀬田さん、ジムに通ってるんですか？」

「育ち盛りのきみたちと違って、オッサンの体型維持には金がかかるんだ」

瀬田は人懐こい顔をクシャッとさせて笑った。『みんな当たり前みたいに頑張ってる』という怜奈の言葉を思い出した。

「おれだってもう育ち盛りじゃないですよ。二十歳ですから」

「そっかそっか。拓真っちももう二十歳か。いいな～、ハタチ」

瀬田は楽しそうに拓真の背中をバシバシと叩いた。

「からかってます？」

「いやいや、からかってなんかいないよ。拓真っちも大人になったなあと思ってね」

大人。そのフレーズは、拓真の胸の乾いた場所を微かに潤した。

「この頃繊細な表情の演じ分けが上手くなってきたなって、さっきも五十嵐《いがらし》さんと話していたところさ」

五十嵐は『バディ！』シリーズのプロデューサーで、拓真を柊とのダブル主演という大役に抜擢してくれた張本人だ。

「五十嵐さんが……ホントですか？」

「ああ。元々演技力はあったけど、最近アイドルっぽいイメージが抜けてきて、いい俳優に育ってきたって。冴島くんもその場にいたんだけど、聞いてない？」

突如飛び出したその名前に、拓真の胸はドクンと大きく鳴った。

「いえ……聞いてません」

「そういえば冴島くん、今日はいないみたいだけど」

「明日まで出張なんです」

「ああ、そういえばさっき重森くんを見かけたな」

主演が決まった映画の打ち合わせのため、冴島は高城監督が滞在中の福岡に昨日から二泊で出張している。いつもならがっかりするところだが、ダイエットに口出しされたくない拓真としては、今回ばかりはラッキーな不在だった。

「拓真はこれからが楽しみだって、五十嵐さん言ってたよ。あ、これ、本人に伝えちゃってよかったのかな。俺から聞いたって、五十嵐さんには内緒ね？」

瀬田はペロッと舌を出し「んじゃ、お疲れ」と手を振り去っていった。

——五十嵐さんがそんなことを……。

瀬田の後ろ姿を見送る拓真の胸は、熱く震えていた。

デビュー当時は、アイドルっぽいと言われることをプラスに捉えていた。しかし最近そのイメージをどうにか払拭できないものかと人知れず悩んでいた。だからこそ先日うっかり耳にしてしまった『あの童顔のアイドル顔が、なんで抜擢されたんだろ』という台詞は、拓真の心のジクジクした部分にぐさりと突き刺さったのだ。

——やっぱり間違っていなかったんだ。

みんな頑張っている。努力をしている。当たり前のように。もっともっと身体を絞って、アイドル顔などという陰口を誰も叩けなくなるほどシャープになってやる。頰を紅潮させて誓いを新たにする拓真の脳裏からは、怜奈の心配そうな顔はすっかり消え去っていた。

その日の夜から拓真はジョギングを開始した。夕食の量をさらに半分に減らし、シャワーで済ませていた入浴も、一時間きっちり湯船に浸かり大量の汗をかくことに成功した。目に見えて変わっていく身体のラインに、大きな充足感を覚えたのだが。

「あ……っ」

ジョギングを始めて二日目の夜、風呂から上がった拓真は激しい目眩《めまい》に襲われ、脱衣所の床にへたり込んだ。頭の中に砂嵐が吹き荒れているような感覚に、しばらく立ち上がることができなかった。

軽い脳貧血かもしれないと思ったが、これしきのことで挫折していてはアイドル顔からの脱却など一生できないだろう。拓真はよろよろと寝室に向かうと、そのままベッドに倒れ込んだ。経験したことのない強烈な疲労感に、気絶するように眠ってしまった。

その翌朝のことだった。三日間の出張を終え、いつも通り迎えに来た冴島が開口一番「昨夜、どこへ出かけていた」と尋ねた。

「昨夜？　ずっと部屋にいたけど？」

「うそをつくな。重森さんから連絡があったぞ」

冴島が胡乱《うろん》げにジロリと見下ろす。昨日拓真をマンションに送り届け、地下駐車場から地上に出た直後、重森のもとにマネ部長から電話がかかってきた。仕方なく路上に車を停め通話をしていたところ、マンションのエントランスからこそこそと出てくる拓真の姿が目に入ったのだという。

まさか重森に見られていたとは。拓真は内心動揺した。

「コ、コンビニに買い物に」

「十五分待ったが、お前は戻ってこなかったと言っていた」

「と、遠くのコンビニに行ったんだよ。今月限定のアイスが、どうしても食べたくて」

冴島を前にすると突然素人のような演技になってしまうのは、恋の魔力というやつだろうか。へどもどと言い訳をする拓真を、冴島は眉ひとつ動かさずに睥睨《へいげい》する。

「顔を上げろ」

口調がいつにも増して厳しい。拓真は仕方なくのろりと顔を上げた。

冴島の手が、拓真の顎にかかった。冴島の端整な顔がぐっと近づいてくる。

──なっ……。

呼吸が止まる。以前より少し骨ばった顎のラインを指でなぞられ、背中がぞくりとした。

「ちょ、っと、何──」

「お前、痩せたな」

一瞬チラリと脳裏を掠めた甘い空想を、冴島の唸《うな》るような低い声が一蹴した。真正面から冷や水を浴びせられ、拓真は狼狽《うろた》える。

「体調が悪いのか」

「え？　全然普通だけど？」

うそだった。昨夜は身体がダルくてほとんど眠れなかった。

「まさかダイエットなんか──」

「してないよ！」

声を裏返して否定すると、冴島の瞳が鈍く光った。

「ふ、腹筋始めたから多分そのせいじゃ――」

「何キロ痩せた」

「別に痩せてないよ」

「何キロ減ったのか答えろ」

「……わかんない。測ってないから」

これもうそだ。今朝、ダイエット開始から四キロ落ちているのを確認したばかりだ。

「大丈夫だってば。ほら、元気もりもりだし」

「そんな青い顔をして何が大丈夫だ。一体お前は――」

「冴島さん！　時間、時間」

拓真は咄嗟にスマホを取り出し、冴島の眼前に突き出した。

「早く出ないと。遅刻しちゃうよ」

にっこり微笑んで「さ、行こう」と後部座席に乗り込んだ。冴島はまだ何か言いたそうだったが、腕時計と拓真の顔を交互に見比べた後、小さなため息を残して運転席のドアを開けた。遅刻に厳しい敏腕マネの逆手を取ったのだ。

座席に座り込むと、拓真はすかさず両耳にイヤホンを装着した。音楽を聴いているにせよ台詞を覚えているにせよ、そうしている限り冴島は話しかけてこない。

——危なかった。

冴島の目を欺き続けられると思っていたわけではない。むしろ冴島に気づかれないうちに、五十嵐から「アイドルっぽいイメージが抜けてきた」という評価をもらえたのだから、ある意味目的を達成したともいえる。

——でも……。

先日来、拓真の胸にはわけのわからないモヤモヤが渦巻いていた。その原因が今、はっきりとわかった。

——どうして？　どうして冴島さんは言ってくれないの？

瀬田や五十嵐の評価。本当はどちらも、冴島の口から告げられたかったものだ。

本当に大人っぽくなったな、拓真。もう誰からもアイドル顔だなんて言われないな。お前はよく頑張っている——。大袈裟な褒め言葉でなくてもいい。ほんの少しでいいからこの頑張りを認めてほしい。ただそれだけなのに。

拓真が勝手にダイエットを始めたことに対して、冴島は腹を立てているようだ。なんのために始めたのかを知ろうともしないで。

——おれの気持ちなんて、どうでもいいんだ。

「拓真」

「…………」

「撮影の後、話がある」

曲の合間に冴島の声が聞こえた。どうせ小言を言われるのだろうと思ったら気分が塞いだ。拓真は返事もせず窓の外に目をやり、深いため息をひとつついた。


「はい、OKです!」

メガホンを手に、撮影助監督が叫ぶ。現場のあちこちから「おっしゃぁ」「ふあぁ~」と言葉にならない安堵の声が響いた。息を切らしてその場に座り込む者もいる。

この日のロケ場所は都内の河川敷だ。拓真たち捜査一課の面々が容疑者を追いかけるシーンの撮影が早朝からハイピッチで行われた。

「神林さん、ひと足先に昼休憩入ってください」

駆け寄ってきたADに、拓真は「はい」と短く頷いた。休憩スペースに移動しようと一歩踏み出した途端、地面がぐらりと傾いだ。全身が鉛のように重い。吸っても吸っても酸素を取り込めていない気がした。

——ヤバ……。

この程度のアクションシーンは、普段なら難なくこなせる。年配の共演者たちが「明日は筋肉痛だな」と笑顔で語り合う傍らで、拓真は顎から多量の汗を滴らせ、徐々にひどくなる目眩と闘っていた。

どうにか休憩スペースに辿《たど》り着き、フェイスタオルを探した。ところがこんな時に限って、バッグに入れておいたはずのタオルが見当たらない。

——家に忘れてきたのかな。

空腹と睡眠不足でぼーっとしている自覚はある。しかし過った考えを拓真はすぐに否定した。他のものならあり得る話でも、あのタオルに限ってそれはない。なぜならいつも持ち歩いているそれは、デビューして間もない頃に冴島からもらったお気に入りだからだ。何年も使い込んでもうボロボロなのだが、あれがないとなんとなく落ち着かない。一種の精神安定剤のようなものだ。

——おかしいな。ちゃんと入れてきたはずなんだけど。

周囲をくまなく探したがタオルは見当たらない。そういえばつい先日も着替え用に持ってきたTシャツを失《な》くしてしまった。家に戻っても見つからなかったのでどこかに置き忘れたのだろう。もしかすると自覚している以上に注意散漫になっているのかもしれない。

——しっかりしなくちゃ。

ひとまず冴島に代わりのタオルを借りに行こうと、踵を返した時だ。

突然足元の地面がぐるぐると回り始めた。何が起きたのか脳が理解する直前、なぜだか青空が見えて、全身の力がふわりと抜ける。

「拓真っち！」

近くにいた怜奈が、悲鳴を上げた。大丈夫、と答えようとしたが声を出すことができない。拓真は崩れ落ちるように意識を失った。

「拓真！　おい、拓真！」

誰かがしきりに呼んでいる。

「拓真！　しっかりしろ」

――冴島さん……。

ゆっくりと目を開くと、冴島の顔が目の前に現れた。その後ろから共演者やスタッフたちが大勢覗き込んでいる。自分が冴島の腕に抱かれているらしいことに気づき、一気に意識が戻ってきた。

「どこか打ったりしていないか？　痛いところは？」

冴島のこれほどまでに余裕のない顔を見るのは初めてかもしれない。拓真は力なく頭を振った。

「ここがどこかわかるか？」

「荒川《あらかわ》の……河川敷」

冴島は倒れた際に頭を打ったのではないかと心配しているのだろう。その後も今日の日付やなんのために訪れていたのかなどを立て続けに尋ねてきた。拓真がすべて正確に答え

るのを聞き、冴島はいくらか安心したように小さく頷いた。

「タオルが……」

「タオル？」

「タオルが……なくなっちゃって」

「そんなものどうだっていい、バカ」

大事な大事なタオルなのに、冴島にとってはどうでもいいものなのだ。

——おれにくれたことすら、きっと忘れてるんだよね。

拓真はきゅっと唇を噛んだ。

「これを飲め」

冴島はスポーツドリンクのキャップを開け、ボトルを拓真の口元に宛てがった。喉を流れていく液体の冷たい感触に、意識が急速にクリアになる。夢中になってごくごくと喉を鳴らす拓真に、冴島はようやく安堵の表情を浮かべ、背後のスタッフたちを振り返った。

「ご心配をおかけして申し訳ありません。どうやら大丈夫みたいです」

「ちょっとフラついちゃったみたいで……すみませんでした」

時間の感覚を失っていたが、意識を遠のかせていたのはほんの数十秒だったようだ。冴島の腕を借りて立ち上がる拓真を、共演者やスタッフが心配そうに囲む。

「そういえば神林くん、今月まだ休みなかったですよね」

「確かに。今回ちょっと撮影スケジュールがタイトだったかもな」

「五十嵐さん、そういうところ案外鬼だからなあ」

倒れたのはスケジュールのせいではなく、無理なダイエットのせいだとはとても言い出せなかった。拓真は俯き、「すみません」と消え入りそうな声で呟いた。

「謝ることないよ。拓真っちのせいじゃない」

「そうそう。休みももらえずに、朝っぱらから全力疾走だもん。そりゃ倒れるわ」

みなの同情が苦しくて、拓真はますます深く項垂れた。

「こちらの管理不行き届きです。ご迷惑をおかけしてしまい、本当に申し訳ありません」

深々と頭を下げる冴島をまともに見ることができない。一緒に頭を下げると、またくらりと目眩がした。冴島の腕に縋ることしかできずにいると、怜奈がそっと近づいてきた。

「これ、食べて」

差し出されたのは、小さなチョコレートだった。

「ちゃんと元気になって戻ってきて」

「怜奈ちゃん……ありがとう」

怜奈の忠告を無視したばっかりに、結局みんなに迷惑をかけることになってしまった。

恥ずかしくて、申し訳なくて、涙が滲んだ。

「待ってるから」

怜奈の笑顔に、拓真は目蓋を伏せ「うん」と小さく頷くことしかできなかった。

残りの撮影をキャンセルし、この日は大事を取って帰宅することにした。この期に及んで大丈夫だと言い張ることもできずただただ落ち込む拓真の横で、冴島がてきぱきと手配を済ませてくれた。

車の後部座席に放り込まれる頃には、自分の仕出かしたことの愚かさに、先ほどまでとは別の種類の目眩を覚えていた。

「もう一本飲め。脱水だ」

冴島が二本目のスポドリを差し出した。

「……脱水?」

冴島が頷く。今朝、拓真の唇がやけにかさついていることに気づき、やはり無理なダイエットをしているに違いないと確信したのだという。

「いつからだ」

「……え」

「ダイエット。いつから始めた」

開けたままのスライドドアに手をかけ、冴島が尋ねた。

「十日くらい前から」

俯いたまま答えると、はあっと重苦しいため息が聞こえた。

「なんでそんなことを……」

「あいつらを見返してやりたかったんだ」

拓真は撮影所で耳にした陰口のことを話した。アイドル顔の拓真はシリアスなストーリーとイメージが真逆だと言われ、悔しくてたまらなかったが、それを否定しきれない自分がいたことも確かだった。

「おれが抜擢されたのは、コネがあったからだろうって」

「その程度のことで、頭に血が上ってダイエットを？　愚の骨頂だな」

「その程度って……」

蔑むような物言いに、カチンときた。

「だってあいつら、冴島さんが――」

拓真が慌てて呑み込んだ台詞を、冴島が繋《つな》いだ。

「神林のマネはやり手だから、さしずめ監督に媚でも売ったんだろ――とか？」

黙り込む拓真に、冴島はまたぞろ嘆息する。

「妬み、誹《そし》り、陰口、悪口。そんなものにいちいち反応していたら、それこそ相手の思うつぼだということが、どうしてわからないんだ。本当に悪質だと感じたら、出るところに出る。それ以外は無視しろと言ったはずだ」

「…………」

「高城監督は『バディ！』のお前を観て『こいつにやらせたい』と思ってくれたんだ。イメージが違う？　それならどうしてお前を抜擢した？　監督の目が節穴だというのか？」

「…………」

「そもそも原作と映画はイコールじゃない。もし減量の必要があるなら監督から指示があるはずだ。指示もないのに勝手にダイエットなんかして、挙句の果てに真っ青な顔してぶっ倒れやがって。俺がどれほど」

意識を失くした拓真の姿を思い出したのだろう、冴島は眉間に深い皺《しわ》を寄せた。

「こんなくだらないことで現場に迷惑をかけるなんて言語道断だ」

「くだらないことって……」

「陰口を言われて悔しかったなら演技で見返せ。それが俳優だ。お前には圧倒的にプロ意識が足りない」

一刀両断され、拓真は唇を噛みしめた。

冴島はいつだって正しい。そんなこと嫌というほどわかっているのだけれど。

「周りにどれほどの心配と迷惑をかけたのかわからないのか。このまま体調を崩して、万が一にも映画のクランクインに間に合わなかったら、一体どう責任を取るつもりなんだ」

「そんなこと絶対に――」

「ないと言い切れるのか?」

拓真はぐっと押し黙る。

——おれはただ、冴島さんに認めてほしくて……。

「冴島さんにはわかんないよ」

スニーカーの爪先に向かって呟く。

「何? 聞こえない」

込み上げてくる涙を必死にこらえ、拓真は顔を上げた。

「冴島さんに、おれの気持ちなんて一生わからないんだ!」

拓真はスライドドアを力いっぱい閉めた。冴島はしばらくそこに立ち尽くしていたが、やがて運転席に乗り込み、いつもより幾分静かに車を発進させた。


自覚している以上に疲弊していたのか、拓真はほどなく寝入ってしまった。冴島に起こされ目覚めた瞬間、飛び込んできた窓の外の景色に「えっ」と目を見開いた。そこは見慣れたマンションの地下駐車場ではなく、冴島家の駐車スペースだったからだ。

「なんで冴島さん家に……?」

意図がわからず戸惑う拓真を、冴島は無言のまま家の中に案内した。

時間の経過と共に、事の重大さがひしひしと身に染みてきた。好きな人に認めてもらいたいという個人的な感情を優先したばっかりに、周囲に迷惑をかけてしまった。冴島のことになると、時として理性が飛ぶ。〝好き〟が暴走して歯止めが利かなくなる。

――いつからこんなにふうになっちゃったんだろ、おれ。

一メートル前を歩く冴島の背中に、まだ怒りのオーラを感じる。猛烈に気まずいけれど、まずはきちんと謝らなくてはならない。

「あの、冴島さん」

ようやく声を発した時だ。玄関のドアがゆっくりと開いた。

「パパ、おかえりなさい！」

ひょっこりと覗いたその顔が、みるみる破顔する。

「わわっ、拓真くんだ！　拓真くん、いらっしゃいませ！」

大きく目を見開いた大翔が飛び出してきた。体当たりするように抱きつかれ、拓真は思わず小さな身体を抱き上げた。

「こんにちは、大翔くん」

咄嗟に笑顔を貼りつけることができたのは、日々演技に勤《いそ》しんでいる賜物《たまもの》だろう。落ち込んだ顔のままでは、大翔にまで心配をかけてしまう。

「元気だった？」

「うん！　げんき！」

頷く大翔の黒髪がサラサラと揺れる。陽光に輝く天使の輪をくりくりと撫でると、大翔はますます笑顔になり、拓真の首に腕を回した。

「ねえ、パパ、どうして？　拓真くんが来るって、どうして言ってくれなかったの？」

拓真と密着しながら、大翔が冴島を振り返る。

「急に決まったんだ。さ、中に入ろう」

冴島の手がさりげなく拓真の背中を押す。そのささやかな感触にどれほどときめいているのか、冴島はきっと気づいていないのだろう。

家に入ると「気分が悪くなければ、しばらく大翔の相手をしてやってくれないか」と頼まれた。水分を補給したおかげで体調はすっかり回復していたので、即座に了承した。ずっと大翔に会いたいと思っていたので、思わぬ展開に心が躍った。

二階の子供部屋に入るなり、大翔が「これ、ありがとう」と何かを取り出してきた。見ればそれは先日拓真が冴島に託した〝冴島調書（マル秘）〟のお礼の手紙だった。

「おへんじ、とってもうれしかった」

「こちらこそ、パパのことたくさん調べてくれてありがとうね」

「ぼく、やくにたった？」

「うん。めちゃくちゃ役に立ったよ」

大翔は一瞬表情を輝かせたが、すぐにこれ以上ないほど真剣な表情で「パパにはぜんぜんバレていないからね」と口をきゅっと結んだ。冴島本人を経由しているのだからマル秘もへったくれもないのだが、そのあまりの可愛らしさに、ずっしりと重かった心が少しだけ軽くなった気がした。

「おてがみ、またかいてもいい？」

「もちろんだよ。楽しみにしてる。おれも返事を書くからね」

「わあい、やったあ！」

飛び上がってくるくると回る大翔の愛らしさに、思わず目を細めてしまう。ひとりっ子だった拓真は、昔から兄弟のいる友達が羨ましかった。男手ひとつの子育ては大変なことも多いだろうけれど、それでも大翔と寝起きを共にし、その成長を見守ることのできる冴島は間違いなく幸せ者だ。

「ところで大翔くん、この間のお手紙に書いてあったことなんだけど」

小一時間も遊んだ頃、拓真はさりげなくある話題を振った。尋ねるべきか否か、ずっと迷っていたことだ。「え？」と見上げる無邪気な表情に、胸がチクリとした。

「ごめん、やっぱりいいや」

「え～、言いかけてやめるのって、いけないんだよ？」

「そ、そうだよね、あははっ」

「おてがみのことって、なあに？」

キラキラ輝く瞳の穢《けが》れなさが、拓真を追い詰める。

——ダメだ。やっぱ聞けない。

調書にあった【ぱぱたまにはだかでねる】の、裸とはどの程度なのか。下着だけは着用しているのか、それとも完全なるマッパなのか。あれからずっと気になって仕方がなかった。気になるだけならまだしも、時折マッパの冴島をリアルに想像し、不届きと知りつつ何度かオカズにしてしまった。

自分の父親に対してそんなけしからん妄想を抱いているとは夢にも思っていないのだろう、大翔は一点の曇りもない瞳で拓真を見上げている。

——ごめん、大翔くん。おれは汚れた大人です。

「えーっと、何を訊こうと思ったんだっけ」

その場しのぎの質問を必死に考えていると、大翔が突然鼻をひくひくさせ始めた。そういえば開けたままのドアの向こうから、何やらいい匂いが漂ってくる。

「ばんごはん、カレーだね」

「……みたいだね」

大翔と遊んでくれと頼まれた時から、なんとなくそんな気はしていた。冴島は拓真にちゃんとした食事をとらせようと、ここへ連れてきたのだ。

——冴島さんの手料理……。

申し訳なさでいっぱいの胸に、喜びが込み上げてきて苦しくなる。

「拓真くん、カレーすき?」

「うん。大好き」

「ぼくも。パパのカレー、すっごくおいしいんだよ」

「楽しみだなあ」

微笑み合ったところで、「ふたりとも降りてきなさい」という冴島の声が響いた。ふたりして「はあい」と元気よく返事をして立ち上がる。そういえば誰かの家で食卓を囲むのは一体いつ以来だろう。少し考えたけれど思い出すことができなかった。

『拓真、ご飯できたからテーブル片づけてちょうだい』

脳裏に懐かしい母の声がこだまして、ほんの少し鼻の奥がツンとした。

冴島のカレーは、ひき肉を使ったキーマカレーだった。偏食だった大翔になんとか野菜を食べさせようと、ある日すべての材料をフードプロセッサーでみじん切りにしてカレーにしたところ、まんまと完食してくれた。それ以来冴島家のカレーはこのスタイルになったのだという。

「美味しい……めちゃくちゃ美味しいです」

ひと匙《さじ》口に運んだ瞬間、拓真は思わず目を見開いた。

「それは何よりだ。大翔も同じものを食べるから、辛味の強いスパイスは控えめだ」

それでもしっかりスパイスを感じる。専門店のカレーのように本格的な味だった。

「多めに作ったからお代わり自由だが、ゆっくり食えよ。胃腸がびっくりするといけないから」

「……はい」

このところろくな食事をしていなかったことを心配しているのだろう。冴島のさりげない気遣いが嬉しかった。

「具は、何と何を入れるんですか？」

「今日は、玉ねぎ、人参、セロリ、ピーマン、パプリカ、ほうれん草、それから——」

驚くことに冴島は、十種類以上の野菜を列挙した。ひき肉も市販のそれではなく塊肉をフードプロセッサーでミンチにしているから、余計な脂身が入っていないのだという。

「その日冷蔵庫に入っている野菜で作るから、二度と同じ味にはならない」

「いっつもちょっとずつあじがちがうんだよね。のこりものカレーだから」

歯に衣着せぬ大翔の発言に、冴島は「せめて『ＳＤＧｓ《エスディージーズ》』と言ってくれ」と眉根を下げたが、たくさんの野菜が混ざり合ったルーは本当に絶品で、お世辞ではなくこれまで食べたカレーの中で間違いなくナンバーワンの味だった。

「人間の身体は食ったものでできている。骨も筋肉も内臓も、脳もだ」

先に食べ終わった大翔がリビングで遊びだすと、冴島が静かな声で話し始めた。

「スケジュールが過密になると、どうしたって睡眠時間の確保が難しくなる。だからこそせめて栄養だけはきちんととってほしい」

かつてないほど真剣な眼差《まなざ》しが、胸の奥に刺さった。

つまらない陰口を聞き流すことができず、ムキになって無茶なダイエットを始めた。怜奈の忠告も無視して突き進み、結局現場に迷惑をかけてしまった。冴島に認めてほしくて、褒めてほしくて、一番してはいけないことをしてしまった。

愚の骨頂だと冴島は言ったが、まさにその通りだと今はわかる。

「冴島さん、おれ……」

とにかく謝ろうと口を開いた時、バタバタと可愛い足音を立て、大翔がリビングから戻ってきた。

「ねえ、パパ、ぼく、セロリとピーマンとほうれんそうたべれた。えらかった？」

「ん？　あ、ああ、偉かったぞ」

形はまったくなかったけどな、と冴島は苦笑する。

「ひとつ、おねがいがあるんだけど……」

冴島と拓真を交互に見やり、大翔はもじもじする。どうやらルーに入っていた苦手な野菜を食べたご褒美に、何かおねだりをするつもりらしい。

——ふふ、可愛い。

POSTCARD

STAMP HERE

101-8405

東京都千代田区
神田三崎町2-18-11

二見書房
シャレード文庫愛読者 係

通販ご希望の方は、書籍リストをお送りしますのでお手数をおかけしてしまい恐縮ではございますが、**03-3515-2311までお電話くださいませ。**

<ご住所> □□□-□□□□

<お名前> 様

<メールアドレス>

＊誤送を防止するためアパート・マンション名は詳しくご記入ください。
＊これより下は発送の際には使用しません。

TEL	職業／学年
年齢　代	お買い上げ書店

Charade 愛読者アンケート

この本を何でお知りになりましたか？

1. 店頭　2. WEB（　　　　　）　3. その他（　　　　　　　　　）

この本をお買い上げになった理由を教えてください（複数回答可）。

1. 作家が好きだから（小説家・イラストレーター・漫画家）

2. カバーが気に入ったから　3. 内容紹介を見て

4. その他（　　　　　　　　　　　　　　　　　　　　　）

読みたいジャンルやカップリングはありますか？

最近読んで面白かったBL作品と作家名、その理由を教えてください（他社作品可）。

お読みいただいたご感想、またはご意見、ご要望をお聞かせください。

作品タイトル：

ご協力ありがとうございました。
お送りいただいたご感想がメルマガに掲載となった場合、オリジナルグッズをプレゼントいたします。
HPのご意見・ご感想フォームからもアンケートをご記入いただけます ➔

「なんだ。おもちゃならこの間買ったばかりだぞ」

先手を打った冴島だったが、大翔の口から飛び出した「おねがい」は、予想もしないものだった。

「おもちゃじゃない。拓真くんにね、きょう、おとまりしてほしいの」

えっ、と目を瞠った拓真とは対照的に、冴島は冷静だった。

「そうだな。それもいいかもしれないな」

予想外の反応に、拓真は思わず手にしていたグラスを落としそうになった。

「い、いいんですか？」

「泊まってくれれば明日の朝迎えに行く手間が省ける。どうする？」

「ど、どうするって……」

冴島家にお泊まり。降って湧いた今世紀最大の神イベントに、拓真の血圧は急上昇する。

「拓真くん、そうしなよ。そのほうが、てまがはぶけるよ？」

意味もわからず大翔が冴島に加勢する。

「まあ、どうしても帰りたいというなら――」

「と、泊まります」

ドキドキと緊張で吐きそうになりながら、拓真は立ち上がった。

「泊めてください、お願いします」

しゃちほこ張って一礼する拓真に、大翔が「やったあ!」と抱きついてきた。

「拓真くん、いっしょにおふろ入ろ?」

その場で服を脱ぎ出しそうな勢いの大翔を、冴島が「こらこら」と窘めた。

「拓真は今、撮影が忙しくて疲れているんだ。大翔はパパと入ろう」

大翔が「えー」と頬を膨らませた。

「拓真くんと入りたいのにぃ～」

「ダメだ」

「つまんない。パパのケチ」

地団駄を踏まんばかりに、大翔が抗議する。大人しい彼がこれほど強く自己主張をするのはきっと珍しいことなのだろう、冴島は驚いたように目を見開いている。

「いいよ、大翔くん、一緒に入ろう」

拓真の助け舟に、大翔はパッと破顔した。

「え、ホント? いいの?」

拓真は頷き、冴島を振り返った。

「もう大丈夫。おれも大翔くんと入りたいし」

大翔が「やったあ」としがみついてきた。その頭を拓真はくりくりと撫でてやる。冴島はそんなふたりを交互に見やり、やがて「長風呂はするなよ」と嘆息した。

「パパ、ケチって言ってごめんなさあい」

にっこにこの大翔に、冴島は「全然本気で謝ってないだろ」と苦笑する。

——父親の顔も、素敵だなあ。

怒っても笑っても、どんな表情も素敵な人。

——おれの、大好きな人。

少しでも気を抜くと、好き好き大好きが溢れてしまう。拓真は火照りそうになる心を冷まそうと、グラスの水をごくごく飲み干した。


湯船に浸かるなり、意図せず「ふぁ〜」と声が出てしまった。正直ここ数日は、脳貧血を起こすのが怖くて湯船には浸からずシャワーだけで済ませていた。自分がいかに危険なことをしていたのか、温かい湯船の中で全身を弛緩させながらあらためて思い知らされた。

「拓真くん、ぼくのシャンプー、つかってね」

「ありがとう」

はいどうぞ、と差し出されたのは『パトローラー』がデザインされた子供用シャンプーだった。今は売られていないはずのそれは、冴島が可愛い息子のためにフリマアプリか何かで手に入れたのだろう。

——ていうか冴島さん、この風呂に毎日入ってるんだよな。

当然全裸だよな……などと余計な妄想をしてしまい、無駄に心拍数が上がった。

「大翔くん、保育園でよく虫捕りするの？」

大翔の小さな身体をボディーソープで洗ってやりながら尋ねた。この間もらった〝冴島調書〟に書かれていたことを思い出したのだ。

「うん。いろんなむし、いるから」

「トンボとかチョウチョとか？」

「チョウチョもいるけど、いちばんいっぱいいるのはダンゴムシ」

「ダンゴムシか、あはは」

そういえば保育園の頃、ダンゴムシを何匹もポケットに入れて持ち帰り、母に悲鳴を上げさせたことがあった。今となっては大切な思い出だ。

「虫捕りの他には？」

「うーんと、おだんごやさんごっこ」

泥団子をお団子に見立てて、落ち葉や花びらの上に並べるのだという。

「わあ、楽しそうだね。お友達がお客さんになって買いに来てくれるんだ？」

何気なく尋ねた途端、大翔の顔からすーっと笑顔が消えた。

「おきゃくさんは……こない」

大翔は俯いてしまった。拓真は自分の失言に気づいた。引っ込み思案で友達の輪に入っ

ていけない大翔は、毎日園庭の片隅で、ひとりで虫捕りをしたり団子屋さんごっこをしたりしているのだろう。黙々と泥を丸める大翔の姿を想像したら、胸がぎゅっと痛んだ。

ごめんね、と言いかけてやめた。ここで謝れば、大翔の心の傷に塩を塗ることになる。

「そっかそっか。今度『いらっしゃ〜い。美味しいお団子ですよ〜』って言ってみたら？誰か買いに来てくれるかもしれないよ？」

拓真の提案に、大翔はとんでもないとばかりに首をぶんぶん横に振った。

「大きな声でなくてもいいからさ、近くにお友達が通りかかったら『お団子ありますよ』って呼びかけてごらん。ちっちゃな声でいいから」

大翔は俯いたまま、また首を振った。

「お団子作るのも楽しいけど、お客さんが来てくれたらもっと楽しいかもよ？」

大翔がピクンと小さく身体を竦ませた。拓真は大翔の身体の泡をお湯で流してやりながら、優しい口調で話しかけ続けた。

「おれね、小学校一年生の時に転校したんだ。転校ってわかるかな」

大翔は「うん」と小さく頷いた。

神林家が隣県から教会近くの一軒家に引っ越したのは、拓真が小学一年生の秋だった。会社員だった父の転勤に伴うものだった。どこにでもいる明るく元気な子供だったと思うが、それでも新しい学校に馴染むには少し時間がかかった。

「新しい学校に通い始めてすぐにね、遠足があったんだ。みんなで山登りをして、お昼にお弁当を食べることになったんだけど……」

あの時の気持ちは今も鮮明に覚えている。数日前に転校してきたばかりの拓真には、まだ友達と呼べるようなクラスメイトがいなかった。あちこちでグループになり楽しそうに弁当を広げるクラスメイトたちを見ていたら、とてつもない孤独感に襲われた。前の学校の友達の顔が浮かんできて、涙が零れそうになった時だ。

『一緒に食べようって、声をかけてごらん』

背中にそっと手を当ててくれたのは、担任の教師だった。

『大丈夫。怖いのは最初だけ。ほら、勇気を出して』

初老の女性教師だった。彼女の笑顔に背中を押され、拓真は勇気を振り絞って一番近くにいた男子のグループに声をかけてみた。最初こそ驚いたように顔を見合わせていた彼らだったが、すぐに『いいよ』と笑顔で拓真を迎え入れてくれた。

担任教師が話をつければ簡単だったのに、彼女はそうしなかった。あえて拓真自身に声をかけさせたのだろうと今にして思う。その一件で拓真は、自分の中にあった小さな勇気に気づくことができたのだから。

「ドキドキ……した?」

思い出話を聞き終えた大翔がおずおずと尋ねてくる。

「最初はね。でもほら、予防注射と一緒だよ」

「……ちゅうしゃ？」

大翔はぎょっとしたように目を見開いた。

「そう。注射。大翔くんは注射好き？」

好きな人間などいるものかと思いつつ訊いてみる。案の定大翔は顔を引き攣《つ》らせ、黒髪から雫《しずく》が飛び散るほどぶんぶんと首を振った。拓真は「だよね」と笑う。

「おれも大っ嫌い。でもさ、注射の痛みってほんの一瞬だよね。一秒もないくらい。それに後で思い出してみると大して痛くなかったような気がしない？　お友達に声をかけるのも、注射と同じだと思えばいいんだよ。怖くてドキドキして胸が苦しいのは最初だけ。でもきっと大丈夫。意地悪な子なんてそんなにいないよ」

「うん……でも」

まだ不安そうな大翔に、拓真は「大丈夫」と微笑みかけた。

「大翔くんにはおれがついてる。きっと勇気を出せるよ」

そのひと言に、大翔は俯きかけていた顔を上げた。

「大翔くんの心の中には、ちゃんと勇気がある。おれにはそれが見えるんだ」

「……ほんと？　ほんとに見えるの」

「ああ。だっておれはパトレッドだからね。大翔くんはきっと大丈夫」

パトレッドっぽい口調でそう言うと、大翔はようやく笑顔になり、大きくひとつ頷いたのだった。

——ああ、可愛いな。

記憶が曖昧だとはいえ、一度に両親を亡くした大翔の心には、まだ癒えない傷がある。同じ経験をした拓真だからこそ、大翔の胸の裡《うち》を苦しくなるほどリアルに想像することができるのだ。

力になれたらいいなと思った。大翔の笑顔が消えないように。いつも幸せでいられるように、できる限り力を貸してやりたい。

「いーちっ、にーいっ、さーんっ……」

肩まで湯に浸かって数える大翔の上気した頬を見ながら、拓真はそんなことを思わずにいられなかった。

絵本を二冊ほど読んでやると、大翔はすやすやと寝息を立て始めた。その間に冴島がゲストルームのベッドメイキングを済ませてくれていた。

布団に入った後も、拓真はなかなか寝つくことができなかった。今日一日いろいろなことがありすぎたせいなのだが、心に一番引っかかっているのは、まだ冴島にちゃんと謝ることができていないことだった。

――冴島さん、まだ起きているかな。

時計の針は零時を回っているが、もし起きているなら話がしたい。そう思ってゆっくりと起き上がった時だ。コンコンと部屋をノックする音がした。反射的に「はい」と答えると、ドアの向こうから「入っていいか」と冴島の声がした。

「ど、どうぞ」

ドアが開く三秒ほどの間に、拓真は大慌てで後頭部の髪とパジャマの襟元を直した。職業柄マネージャーにパジャマ姿を晒すことなんて珍しくもなんともない。着替えの最中に『早くしろ』と覗き込まれることだってしょっちゅうだ。けれどここは完全なる冴島のプライベートエリアだ。仕事がらみでのそれとは、まったく違う緊張感がある。

「起きていたのか」

「うん。まだ眠くなくて」

冴島はドアの隙間から顔を覗かせたまま「そっか。だよな」と壁の時計にちらりと視線をやった。部屋に入ってくる様子はない。

「入らないの？」

「ちゃんと眠れたかどうか確認しに来ただけだ」

「枕が変わると寝られないとかいうタイプじゃないから、心配しないで」

苦笑する拓真に、冴島も「だな」と笑った。

「明日も早い。ゆっくり休めよ」

言い残してドアを閉めようとする冴島を、拓真は「待って」と呼び止めた。

「ちょっと、いい？」

話したいことがあるという意図を汲《く》み取ったのだろう、冴島は後ろ手にドアを閉めた。

ゆっくりと足音が近づいてくる。寝坊して布団を剝がれたことも一度や二度じゃないのに、ここが冴島の家だというだけで妙にドキドキしてしまう。

「どうした」

「……今日のこと、ごめんなさい」

ベッドに座ったまま、拓真はぺこりと頭を下げた。

「まさかあんなことになるとは思ってなかった……なんて言い訳にもならないよね。みんなに迷惑かけちゃって、本当に心から反省してる。すみませんでした」

もう一度深く頭を下げると、冴島が拓真の足元にそっと腰を下ろした。ベッドが軋《きし》む微かな音に、鼓動がトトンとリズムを乱した。

——なんかおれ、どうかしちゃったのかな。

毎日顔を合わせているのに。いつだって傍にいるのに。どうせ叶わない恋なのだと、とっくの昔から知っているはずなのに。なぜだろう今夜に限って、いつもの何倍も冴島を意識してしまう。

「今日という今日は、さすがに寿命が縮んだ」

「本当にごめんなさい。ダイエットはもうやめる」

「そうしてくれ。まだ死にたくないからな」

拓真はゆっくりと顔を上げる。肩を竦める冴島の瞳に穏やかな光が宿っているのを見て、つい涙腺が緩みそうになった。

「話はそれだけか」

「あともうひとつ」

「なんだ」

「うん……あのさ、またここに、遊びに来てもいい？」

こんな時に尋ねるのはずるいとわかっている。弱々しい声で訊かれて「ダメだ」と答えられるはずがない。万にひとつ、はっきり「NO」を突きつけられたら、きっと一生立ち直ることができない。

うそでもいい。今だけは「YES」と答えてほしい。

「もちろんだ」

敏い冴島は、百二十点の微笑をくれた。

「お前と会ってから大翔のやつ、ちょっと変わったみたいなんだ」

内気で引っ込み思案の大翔は、これまで周囲の園児に背を向けてひとり遊びをすることが多かった。ところが憧れのパトレッドと出会ったあの日を境に、チラチラと他の園児の様子を窺《うかが》うことが増えたのだという。

「『お友達の輪の中に入りたいという気持ちが芽生えてきたんじゃないでしょうか』って、この間保育園の先生に言われた。本当にそうだといいんだけどな」

拓真は風呂での会話を思い出し、ひっそりと口元を緩めた。

「それもこれもお前のおかげだよ。感謝している」

拓真は「感謝だなんて」と首を横に振った。

「おれとの出会いはきっかけになっただけだよ。自分が持っている積極性とか勇気とかに、大翔くんが気づき始めただけのことで」

「それでもやっぱり、おれはお前に礼を言いたい。ありがとうな、拓真」

――冴島さん……。

どうしよう、ドキドキを通り越して、胸の奥が痛い。

こんなに近くにいるのに。こんなに大好きなのに。

――おれが欲しいのはね、冴島さん、お礼の言葉なんかじゃなくて……。

「じゃ、そろそろ行くぞ。また明日な」

冴島は立ち上がり、手のひらを拓真の頭にポンと載せた。

その瞬間、胸のズキズキが、まるで電気でも走ったように下半身に回った。下腹の奥に覚えのある疼きが芽生え、思わず冴島の手のひらから逃れるように身を引いてしまった。

「どうした」

突然身を竦めた拓真の強張った表情に、冴島も驚いた顔で手を引っ込めた。

「な、なんでもない。ちょっと……びっくりしただけだから」

落ち込んだ時、自信を失くした時、冴島は何度となく頭を撫でてくれた。それなのにまるで初めて撫でられたような、いや初めての時以上に敏感に反応してしまった。

冴島は俯く拓真と自分の手のひらを交互に見やり、「そうか」と小さく呟いた。

「そろそろ寝るね。おやすみなさい」

「あ、ああ……おやすみ」

釈然としない様子で冴島が部屋を出ていく。扉が閉まるなり、拓真は傍らのバッグに手を伸ばした。

この感覚は間違いない。ヒートの予兆だ。

ヒートのサイクルは人それぞれだが、拓真は三ヶ月に一度でこれまでほとんどズレが生じたことはない。前回のヒートから計算すると、次のヒートは一ヶ月以上先のはずだ。

——おかしいな。さっき抑制剤を飲んだばっかりなのに。

アルファである冴島との間に悲しいアクシデントが起きないよう、拓真はヒート期間以外にも毎朝欠かさず抑制剤を服用している。さらに撮影などでアルファと接触しなければならなくなった場合に備えて、チュアブルタイプの抑制剤も携帯している。今日はここに到着してすぐ、それをこっそりと口に放り込んだ。

ふと拓真の脳裏に、先日読んだネットの記事が浮かんだ。『最近の抑制剤はほぼ副作用がないと言われているが、過剰に服用し続けると、急速に効果が薄れてくる場合がある』といった内容だった。『過剰』の基準はわからないが、冴島を意識するあまり拓真はかなりの量の抑制剤を日々摂取している。そのせいで医師から処方されている抑制剤の効きが悪くなってきたのだろうか。それとも無理なダイエットをしたせいで、ヒートのサイクルが狂ってしまったのだろうか。

いずれにしても、予定外のタイミングでヒートに陥るのだけは絶対に避けなくてはならない。特に今夜は。

冴島の姿が見えなくなると、下半身の疼きは徐々に薄れてきた。しかし拓真は安心できず、携帯していた抑制剤をもう一錠口に含んだ。

――何事も起きませんように。

祈りながら布団に潜り込んだけれど、一度膨らんだ不安はなかなか消えず、朝方まで寝つくことができなかった。

◇◇◇

「パパは、ゼリーとプリン、どっちがすき？」

「ゼリー。大翔、早くズボンを穿《は》きなさい。千絵さん来ちゃうぞ」

「はあい。じゃあ、ポテチとドーナツ、どっちがたべたい？」

「ポテチ。大翔、ズボン」

大翔は「今はく～」と答えながら、手にしたメモ帳に「ぽてち」と書き込んだ。

「あと、パパのはつこいの人のなまえを、おしえてください」

「初恋？　そんなの訊いてどうするんだ。それよりシャツのボタンがずれているぞ」

「あ、ほんとだ。いいから、はつこいの人おしえて」

「忘れた」

冴島は流れるような手捌きで大翔にズボンを穿かせ、ずれたボタンをかけ直す。後は部屋の片隅にこんもり積まれた洗濯物の山から着替え用のTシャツとズボンを発掘し、バッグに詰め込めば登園準備完了だ。

——まったく拓真のやつ、五歳児に何をやらせているんだか。

忙しい朝に探偵ごっこにつき合わされる身にもなってほしいけれど、生き生きとして目を輝かせる大翔を見れば、やめろとも言えない。

「なあ大翔、パパのこといろいろ調べてどうするつもりなんだ」

発掘した着替え用の服を手にニヤニヤと尋ねると、大翔はあからさまに動揺し、「べつに」とメモをズボンのポケットにねじ込んだ。

「もしかして誰かに頼まれているんじゃないのか？」

「ち、ちがうもん」

「誰に頼まれたんだ？　教えてくれよ」

「ダメ！　ひみつだからぜったいに言わない。おとことおとこのやくそくなんだから」

答える顔が真剣そのもので、冴島は失笑をこらえるのに苦労した。

「……男と男の約束ね」

唇に拳を当て背中を震わせたところで、玄関のインターホンが鳴った。

千絵に大翔を託し、冴島はようやく出勤の準備を始めたのだった。

——それにしても、この間のアレは一体なんだったのだろう。

ハンドルを握りながら、冴島の脳裏にはあの夜拓真が見せた、ひどく強張《こわば》った表情が浮かんでいた。

――拒否されたのか？

三日前、冴島は拓真を自宅に泊めた。大翔に懇願され「それもいいかもしれないな」など嘯《うそぶ》いてみせたが、実は最初からそのつもりで、「泊まっていけ」と言い出すタイミングを見計らっていたのだ。

ロケ現場で突然倒れた拓真の青白い顔を目にした瞬間、大袈裟ではなく心臓が止まりそうになった。目を開くまでの時間は十秒ほどだったのだろうが、永遠にすら感じられた。無理なダイエットによる脱水と脳貧血だろうとすぐに推測はついたが、美味しそうにカレーライスを頰張る様子を見るまで生きた心地がしなかった。

原因に察しがついていたとはいえ、万が一車の中で異変が起きたらそのまま病院へ直行しようと思っていた。幸いすやすやと寝入っていたが、とてもじゃないがひとりでマンションに帰すことなんてできなかった。

体調に変化はないかと心配になり、深夜こっそり部屋を覗いた。反省しきりの様子が可愛くて、思わず頭を撫でようとしたのだが、拓真はビクリと身を竦ませ冴島の手のひらから逃れてしまった。

――怯《おび》えたような目だったな。

『ちょっと……びっくりしただけだから』

そんなうそでごまかされるほど冴島は鈍感ではない。拓真はいつだって全身から〝冴島さんが大好き〟オーラを放っている。ねえ、頭ポンッってして？　ねえ、ハグしてよ――。そんな無言の訴えをかわしつつ、時には叶えてやる。この五年間ずっとその繰り返しだった。

見た目より体調が回復していなかったのかもしれないが、それでもあんな反応をされたのは初めてのことで、少なからずショックを受けている自分がいた。

「勝手だな……俺は」

ウインカーを上げながら小さく呟いた。拓真の気持ちを受け入れる覚悟もないくせに、拒絶されればされたでショックを受けるのだから身勝手なことこの上ない。

拓真が自分に向けてくる特別な感情を、迷惑だと思ったことは一度もない。むしろ迷惑だと感じられたらどれほどよかっただろう。切ないほど伝わってくる〝好きです〟に応えることはできない。応えてはならないのだ。自分の仕事は神林拓真という俳優の世話をすること。そして一日も早く一人前の俳優に育て上げることなのだから。

わかりすぎるほどわかっているはずなのに、いつの頃からだろう、熱の籠もった拓真の視線に激しく心を揺さぶられてしまう自分がいる。

あれは拓真が高校を卒業する直前だったろうか。今より体力のなかった拓真は、しばしばロケ先からの帰りの車の中で眠ってしまうことがあった。時々狸寝入りをしていることには気づいていたが、その日の拓真は疲れ切っていたのか電池が切れたようにぐっすりと眠っていた。

駐車場に着いても目を覚ます気配がなく、仕方なく負ぶって部屋まで運んだ。穏やかな寝息を立てていたのだが、ベッドに下ろした瞬間、寝ぼけた顔でうっすらと目を開け呟いたのだ。

『お父さん……』

そのままふたたび目を閉じた拓真の寝顔を、冴島は無言で見下ろした。

拓真は亡くなった父親の影を自分に重ねているのだろうか。経験の乏しさからそれを恋愛感情だと思い込んでいるだけではないだろうか。そう思った瞬間、なぜだかわからないがひどく胸がざわついた。いや、なぜだかわからないというのはうそだった。咄嗟にこの感情を認めてはいけないと思ったのだ。

拓真が向けてくる切ない熱を、受け入れてしまいたい。受け入れたい。

心の奥に息づく小さな芽。これ以上育たないようにと願いながら、枯らしてしまうこともできない。矛盾だらけの自分に、時々嫌気がさすのだった。

事務所に着くなり、社長の北原に呼ばれた。

「忙しいところすまないね。しつこいと思うかもしれないが、またいつもの話だ」

予想していた通りの台詞に、冴島は苦笑する。

「意思は変わらないのか」

「申し訳ありません」

冴島が頭を下げると、北原は肩を竦め「きみもなかなか頑固だな」と笑った。

法学部出身の冴島は、実は弁護士資格を所有している。北原としては社の法務部門を任せようと採用したようだが『まずは現場を知りたい』という新人の意を汲んでマネージメント部に配属してくれた。

そんな経緯から、北原は折に触れて異動についての意思確認をしてくるのだ。

心が揺らいだことが一度だけある。大翔を引き取り育てると決めた時だ。北原は『勤務時間が不規則なマネをやめて、定時で帰れる法務部門に行かないか』と言ってくれた。気遣いはありがたかったが、当時初主演の『警察総隊パトローラー』の撮影が始まったばかりだった拓真を放り出すことはとてもできず、返答を保留にしたまま現在に至る。

「拓真はきみにべったりだからな。そろそろ独り立ちさせた方がいいんじゃないか？」

「……かもしれませんね」

わかっている。拓真のためと言いながら、マネージャーの立場を失うのを恐れているのは、他でもない冴島自身なのだ。北原はどこかでそれを見抜いているのかもしれない。

「実は法務部の田中《たなか》くんが体調を崩してね。来週からしばらく入院することになった」

「えっ、田中課長が？」

聞けば難しい手術を控えていて、職場復帰にはひと月以上かかりそうなのだという。

「先月新人がひとり辞めてしまったし、法務は今てんてこ舞いさ。空前の人手不足なんだ」

「そうだったんですか……」

ある種の特殊性はあるにせよ、芸能事務所の仕事は他の企業のそれとなんら変わりはない。そこに勤める人間はタレントでも俳優でもなく、ただのサラリーマンなのだ。

本来なら組織のトップである北原の出した辞令を拒む権利は、冴島にはない。しかし北原は無理強いをしたくないのだという。彼の人情味溢れる人柄に惹かれ、この事務所に所属したい、この社長のもとで働きたい、そんな若者が後を絶たない。もちろん冴島もそのひとりだ。

自分は北原に甘えている。今さらのようにその思いが、胸に重く圧《の》しかかる。

拓真の気持ちを受け止めたい。いや受け止められない。気づかないふりをすれば。けれど気づいている。とっくの昔に——。

この危ういバランスを、一体いつまで保っていられるのか。保つつもりなのか。

いつか必ず破綻すると、わかっているのに。

「私はね、この会社の未来をゆくゆくはきみに託したいと思っているんだ」

「……社長」

「だからこそ『現場を知りたい』というきみの考えを尊重してきた。しかしそれは特例中の特例だ。わかっていると思うが」

静かに語る北原を前に、冴島は項垂れるしかなかった。

「わがままを言って申し訳ありません。もう少しだけお時間をいただけませんか」

気づけばそう口にしていた。北原は驚いたように少し目を見開いたが、やがてふわりと目元を緩め「もちろんさ。散々待ったんだからね」と、冴島の肩をひとつ叩いた。


翌日もまたロケだった。早朝に出発して深夜に帰宅するハードなスケジュールだったが、拓真は以前にも増して精力的に撮影をこなしていた。体力や気力が戻るのにしばらくかかるのではないかと心配する冴島をよそに、拓真は日一日と体調を回復させていった。シャープを通り越してやつれた印象だったフェイスラインも、あっという間に元の健康的なそれに戻り、冴島はひっそりと胸を撫で下ろした。

「拓真、来週インタビューが一件入ったぞ。『月刊シネマ』だ」

昼休憩に入るや、誰かとメッセージのやり取りを始めた拓真の背中に声をかけた。

「……了解」

「金曜の十一時に迎えに行くから、用意しておけよ」

「……うん、わかった」

拓真はスマホから視線を上げず、どこかうわの空で答えた。

スマホ依存が騒がれている昨今だが、拓真は休憩時間にもほとんどスマホを手にしない。珍しいこともあるものだと思い、冴島はなんの気なしに尋ねてみた。

「誰にメッセージ送ってるんだ」

「……内緒」

「内緒って」

冴島は噴き出しそうになる。心の中で「お前は大翔か」と突っ込んだ。あれから大翔が毎日のように『拓真くん、つぎはいつ来るの？』と騒いでいることを思い出した。

「拓真」

「ん～？」

「今夜またうちで飯でもどうだ」

今日のロケが終われば、明日と明後日の二日間、撮影の予定は入っていない。久しぶりのまとまったオフだ。

「大翔が会いたがっている。お礼を言いたいんだそうだ」

『あのねパパ、きょうね、ほいくえんでね、おだんごやさんごっこした。ユウくんが三つかってくれた。あとココネちゃんがふたつかってくれた』

一昨日、風呂で大翔からそんな報告を受けた。大翔の口から友達の名前が出てくるのは初めてのことで、冴島は驚いた。

『よかったじゃないか。楽しかったか？』

『うん。拓真くんが、ゆうき、くれた』

ちょっと照れたように、でもとても嬉しそうに大翔はそう呟いたのだった。

冴島の話を聞いていた拓真が、ゆっくりと振り向く。その表情はしかし、冴島の想像していたものとは違った。

「ごめんなさい。せっかくなんだけど、今日はちょっと」

え？　ホントにいいの？　と目を輝かせる様子を勝手に想像していた冴島は、困惑気味に目を伏せる拓真に拍子抜けする。

「予定があったのか」

「今夜は友達と会う約束が……」

答えながら、拓真はスマホをポケットにしまう。そのぎこちない仕草で、冴島は気づいた。メッセージの相手こそが、今夜会う予定の友達なのだろう。

「そうか。タイミングが悪かったな」

「ごめん、また誘って。おれも大翔くんに会いたい」

「ああ、わかった」

答えながら、冴島はどこか釈然としないものを感じていた。

——拓真の友達？

その顔を、冴島はひとりとして思い浮かべることができない。十五歳でこの世界に飛び込んだ拓真は、合格した高校に単位取得ギリギリの日数しか通学できなかった。小中学校時代の友人ともほとんど連絡を取り合っていないと、以前本人から聞いた。俳優仲間との約束なら、名前を内緒にする必要はないだろう。

専属マネージャーとはいえ、俳優のプライベートのすべてを把握しているわけではない。しかし拓真と自分の関係に限っていえば、それに近い状態にあると言っても過言ではない。そう自負してこの五年間、拓真に接してきたのだけれど。

——誰なんだ。

悶々《もんもん》としたままこの日のロケが終わった。帰りの準備をしていると、すでに支度を整えた拓真がやってきた。

「冴島さん、今日送ってくれなくていい。直接、友達んとこに行くことになったから」

冴島は思わず「えっ」と声を上げてしまった。

「そうか……気をつけて行けよ」

動揺から声が上擦る。あまりにらしくない自分に、内心ひどく焦る。

「うん。ありがと」

じゃあね、と手を振り拓真は通りの方へ走っていった。心なしか楽しそうに揺れる背中を見送りながら、冴島は今まで感じたことのないモヤモヤと闘っていた。

自分が知らないだけで、拓真にだって友達のひとりやふたり、いるだろう。むしろひとりもいない方が問題だ。

——俺は一体何を心配しているんだ。

いや、これは心配ではない。拓真が自分の知らない人物と会うことが不安なのだ。自分の誘いを断ってまで会いたい相手がいたという事実に、ショックを受けているのだ。

——俺は一体どうしたいんだ。

自分の気持ちがわからない。こんなことは生まれて初めてで、冴島はひどく混乱した。

混乱したまま片づけを終え車に戻る。ハッチを開けて荷物を積み込もうとした時、冴島の視線が通りの向こう側に立つ拓真の姿を捉えた。どうやら約束の相手が迎えに来ることになっているらしい。

表情が確認できるほどの距離なのに、拓真が冴島に気づく様子はない。車道を走る車をしきりに気にする拓真の前に、ほどなく一台の車が滑り込んできて停まった。見覚えのある黒いワンボックスカーに、冴島はハッと息を呑む。

拓真が笑顔で運転手に会釈をする。チラリと見えた男の横顔に確信した。

白坂東矢《とうや》。佐野宮柊のマネージャーだ。

「どうして拓真が白坂さんの車に……」

一瞬混乱したが、冴島はすぐに状況を理解した。拓真が今夜会う約束をしている相手は佐野宮柊だ。柊は今日、別の場所でロケをしているはずで、予定通りならそろそろ終わる時間だ。おそらく白坂は「拓真を自宅まで連れてきてくれ」と柊に頼まれたのだろう。

車が発進しても、冴島はその場を動くことができなかった。突きつけられた現実を認めることを脳が全力で拒んでいる。

柊は冴島と同じアルファだ。それも全世界に一千万人弱しか存在しないギフテッドアルファと称される希少種だ。アルファの特性を極めて色濃く持つ彼らは生まれ持つ才能が突出している。政財界のトップやオリンピックのメダリスト、著名な芸術家などの多くがギフテッドアルファだと言われている。

ギフテッドアルファには、結ばれることを運命づけられているオメガ、『運命の番』が存在する。そしてごく最近、柊もその『運命の番』と出会い、番になったという噂を耳にしたのだが、あれはデマだったのだろうか。

——もし柊の『運命の番』が拓真だったとしたら……。

黒雲のような不安が押し寄せ、俄に目の前が暗くなった。同時に自分の身勝手さに吐き気がするほどの嫌悪を覚えた。

拓真の気持ちを受け止めてやることはできない。だから昨日北原に対して、法務部への異動を前向きに検討するかのような返答をしたのではないのか。

——何をやっているんだ、俺は。

しっかりしなくてはと軽く頭を振った時だ。駐車場の隅に設えられた自動販売機の裏に若い男がいることに気づいた。細面の神経質そうな横顔に見覚えがあった。

――あれは……。

冴島の視線に気づいたのか、不意に男が振り向く。軽く会釈をした彼は、やはりアルバイトADのひとりだった。『バディ！２』からスタッフに加わった彼は、拓真と年が近いらしく、空き時間に楽しそうに話しているのを何度か見かけたことがある。名前は確か、沢辺《さわべ》。

「神林さん、佐野宮さんの車に乗っていきましたね」

近づいてきた沢辺が、拓真の立っていたあたりをじっと見つめながら呟いた。

「そうだったのか」

とぼける冴島に、沢辺は「見ていなかったんですか」と目を見開いた。

「間違いないですよ。運転していたの、マネージャーの白坂さんでしたから」

「ずいぶん目がいいんだな」

小さな嫌みが通じなかったのか、沢辺は「両目とも一・五です」と笑った。

「あーあ、羨ましいなあ。やっぱりスターはスターと結ばれるものなんですかね」

胸の一番痛いところに直球を放り込まれ、冴島は眉間に皺を寄せた。

「なんだそれは」

「まんまの意味ですよ。去年週刊誌に出た時は、どうせ番宣のために事務所が用意したでっち上げのスキャンダルだろって思っていましたけど、違ったのかなあ」

沢辺は後頭部に両手を回して空を仰ぐ。

「佐野宮さんはアルファ。神林さんはオメガ。もしかしたらふたりは運命の――」

「すまないが急いでいるんだ」

みなまで言わせるものかと、冴島は手にしていた荷物を車に放り込んだ。

「ああ、すみません、お引き止めしてしまって」

沢辺が頭を下げた瞬間、肩にかけているトートバッグの中が見えた。見慣れた模様がそこにあることに気づいた冴島は、踵を返そうとした沢辺を「ちょっと」と呼び止めた。

「そのタオル、見せてくれないか」

トートバッグを指さすと、沢辺は一瞬驚いたように目を瞬かせたが、すぐに「これですか？」とバッグの中からタオルを取り出した。案の定それは、先日拓真が『失くした』と言っていたフェイスタオルだった。

「あ、もしかしてこれ、冴島さんのでしたか？」

「いや、拓真のだ」

「ああ、神林さんのだったんですね。実はこの間ロケ先で拾って、ずっと落とし主を探していたんです。見つかってよかった」

沢辺はフェイスタオルを冴島に手渡した。

「冴島さんから神林さんに返していただいていいですか?」

「ああ……ありがとう」

沢辺は屈託のない笑顔で「お疲れさまでした」と一礼し、去っていった。

その背中が見えなくなるのを待って、冴島は受け取ったフェイスタオルに視線を落とす。

拾っただけで洗濯はしていなかったらしく、端に小さな汚れがついていた。

デビューから間もない頃に冴島が買ってやったこのタオルを、拓真はいたく気に入っているようだった。縁にはほつれも目立つのだが『使い込んだタオルの方が、吸水力があるんだよ』などと言って捨てようとしない。

それにしても人は見かけによらないものだ。一見神経質そうな印象の沢辺だが、誰のものかわからない、汚れのついたタオルをバッグに入れて、何日も平気で持ち歩いているところをみると、案外神経が太いのかもしれない。

——拓真のやつ、喜ぶだろうな。

弾けるような笑顔を思い浮かべようとしたけれど、なぜだか上手くいかなかった。

◇◇◇

拓真が楓太に【相談に乗ってほしいことがある】とメッセージを送ったのは、一昨日のことだった。他でもない、先日冴島の家に宿泊した際に感じた抑制剤への不安についてだ。

十五歳で芸能界入りした拓真には、悩みを気軽に打ち明けられる友人がいない。頼りは冴島ひとりだったのだが、この件に関してだけは冴島に相談することは憚《はばか》られる。同じオメガの人間を探そうにもいかんせん絶対数が少ない。拓真の周りにはひとりもいない——と思った瞬間、ふと浮かんだ顔があった。彼なら信頼できると確信できた。

楓太はすぐに返信をくれた。近いうちに会おうということになったのだが、さっき休憩中に連絡が入った。

【急だけど、今夜うちに来ない？】

うちってつまり佐野宮邸だよなと躊躇《ちゅうちょ》したが、柊の双子の弟たちがいるため、なかなか外に出られないのだという。柊のマネージャーの白坂が送ってくれるというので、恐縮しながらも甘えることにしたのだった。

佐野宮邸は都内の高級住宅街の一角にあった。瀟洒《しょうしゃ》な屋敷は豪邸と呼ぶにふさわしく、立派な邸宅が並ぶ通りの中でもひときわ目を引いた。車寄せで白坂の車を降りると、待っていたように玄関ドアが開き、楓太と可愛いふたりの男の子が迎えてくれた。

「お言葉に甘えて本当に来ちゃった」

「こちらこそお呼びたてしてごめんね。また会えて嬉しいよ」

楓太の笑顔には見る者を安心させる何かがある。拓真は「おれも」と微笑んだ。

「ほら、ふたりともお客さまに挨拶をして」

楓太に背中を押され、小さな男の子たちが前へ出た。

「こんにちは。はじめまして。佐野宮奏介《そうすけ》です」

「佐野宮耀介《ようすけ》ですっ！　うわあ、ほんもののパトレッドだぁ」

もじもじしながらもぺこりと一礼したのが奏介、ちょっと早口で好奇心に目を輝かせているのが耀介だと、楓太が紹介してくれた。知らない間に左右入れ替わられたら、多分気づくことができないだろう。それくらいふたりは見事にそっくりだった。

「奏介くん、耀介くん、こんにちは。『パトローラー』のＤＶＤを観てくれてるんだって？　ありがとうね」

「うん。耀ちゃん、へんしんできるよ！　へんしんっ！」

「奏ちゃんもできる。パトローラー、へんしんっ！」

「すごいすごい、ふたりとも上手だね」

本物から褒められ、ふたりは揃って破顔した。変身ポーズも笑うタイミングも、寸分の狂いなくシンクロしている。拓真は目を見開きながら楓太に囁いた。

「楓太くん、見分けられるんだ」

「最初の頃はたまに間違えてふたりに怒られたけど、今は後ろ姿だけでもわかるよ」

楓太は笑いながら「こちらへどうぞ」と中へ案内してくれた。

全体が吹き抜けになった部屋は、客間を兼ねたリビングだという。広々としたガラスの開口部からは緑の美しい公園のような庭を臨むことができた。

思わず「うわぁ……」と感嘆のため息が出た。同じドラマに出演し、ありがたいことに「ダブル主演」などと銘打ってもらってはいるが、俳優として自分はまだ柊の足元にも及ばないのだとあらためて思い知った。

もっと頑張らなくちゃと決意を新たにする一方で、冷静に尋ねるもうひとりの自分がいる。もしも俳優として飛躍する日が来て、こんな豪邸を建てることができたとして、一体誰と一緒に住む気なのだと。ひとりで暮らすなら今のマンションで十分だ。もっと便利な場所のもっと立派な部屋に引っ越すことができたとしても、こんなに広い敷地はいらない。

「ここは佐野宮さんのお父さんが建てた家なんだ」

拓真が持参してきたお土産のケーキを食べながら、楓太が教えてくれた。奏介と耀介は、柊の父でやはり名優と謳《うた》われた佐野宮玄《げん》の遺児だということは周知の事実だ。

「ふたりの成長を楽しみにしてこんなに立派な家を建てたのに、たったの二年で亡くなっちゃって……さぞかし無念だったろうなって、時々思うんだよね」

奏介と耀介は、ケーキもそこそこに庭に飛び出し、きゃっきゃと元気に駆け回っている。そんなふたりの姿を見つめる楓太の瞳は、柔らかな慈しみの色で満ちていた。

「楓太くんが来てくれて、佐野宮さんだけじゃなくてご両親も、きっと安心してるんじゃないかな」

天国で、という意味を込めてちらりと天井に視線をやると、楓太は「だといいけど」とふわりと微笑んだ。笑うと黒縁眼鏡の奥の瞳がさらに優しい色を帯びる。

「あんなに走り回って……佐野宮さんが帰ってくる前に寝ちゃわないといいんだけど」

帰宅時にふたりが眠ってしまっていると、柊はあからさまにがっかりするのだという。

「佐野宮さん、子煩悩なんだね」

楓太は「意外でしょ？」と笑ってまた窓の外に視線をやった。ふたりが危ないことをしたりしないか、さりげなく見守っているのだろう。可愛くて可愛くてたまらない——そんな目になってしまう気持ちは、拓真にもよくわかる。

——だって大好きな人の弟なんだもん。

拓真の脳裏にはさっきからずっと大翔の顔がちらついていた。ふたりと大翔は同い年だ。

一緒に遊ぶことができたらきっと喜ぶに違いないと思ったが、すぐにそんな日はやってこないだろうと思い至る。

楓太と柊は番だ。つまり奏介や耀介は彼の家族なのだ。対して大翔は、血の繋がりこそないとはいえ冴島の息子だ。冴島は拓真の専属マネージャーだが家族ではない。冴島が拓真の傍にいるのは、それが彼の仕事だから。それ以上でもそれ以下でもないのだ。

「楓ちゃん、見て～、耀ちゃん、五回もとべた！」

いつの間にか、双子は揃って縄跳びを始めていた。耀介が続けて三回跳んでみせると、奏介も負けじと「奏ちゃんも！」と、こちらは四回続けて跳んでみせた。

「すごいすごい！　ふたりともほんとに上手になったね」

楓太に褒められ、ふたりは「えへへ」と顔を見合わせて誇らしそうだ。

「縄と縄がぶつからないように気をつけるんだよ」

「はあい！」と片手を挙げるポーズも元気のよい返事も見事にシンクロしていて、拓真は感心を通り越し感動すら覚えた。

「楓ちゃんって、呼ばれてるんだね」

楓太は「そうなんだ」と頭を掻《か》いた。照れているのか、目元がほんのり赤くなる。

「羨ましいな。毎日が楽しそう」

思わず漏れた心の声に、楓太が小さく微笑んだ。

「楽しいよ。忙しくて目が回りそうだけどね」

「ああ、いや、ごめん。大変だろうなとは思うけど……それでもやっぱり羨ましいな」

我知らずしんみりとした声になってしまった。そんな拓真をしばらくじっと見つめ、楓太は「違ってたらごめん」と口を開いた。

「拓真くん、好きな人がいるの？」

「……っ」

思わず飲んでいた紅茶を噴き出しそうになった。ストレートすぎる訊き方だったが、それがかえって楓太の邪念のなさに思えた。

「ごめん。不躾《ぶしつけ》だったね」

「いいんだ。その通りだから。片思いだけどね」

卑屈になってはいけないと思うのに、心がちょっぴりやさぐれてしまう。ため息をつく拓真に、楓太は「そう」と短く頷いた。

「相手の人は拓真くんの気持ち、知ってるの？」

「わかんない。まったく気づいていないのか、気づかないふりをしてるだけなのか」

気づいていないならまだ希望が持てる。気づかないふりをされているのだとしたら——。考えだけで底なし沼に沈んでしまいそうになる。

「気持ち、伝えたい？」

「それも……」

わからない。拓真は静かに首を横に振った。

「そっか。そうだよね。気持ちを伝えるのって、なんだかちょっぴり泣きたくなった。

楓太の穏やかで柔らかい口調が胸に染みて、なんだかちょっぴり泣きたくなった。

「いつも近くにいるのに鼻も引っかけてもらえない。いっそ清々しいくらいに脈なしっ」

ははっ、と自虐気味に首を竦めてみせたが、楓太は笑ってくれなかった。

「あーあ、どうしてその人とおれは『運命の番』じゃないんだろう」

すると楓太は小さな声で「運命……か」と呟いた。

「佐野宮さんと楓太くんは『運命の番』だったんでしょ?」

「そうだけど……」

楓太は庭の子供たちを見つめながら、「運命ってなんなんだろうね」と言った。

「運命の相手と結ばれた人間がこんなこと言ってもあんまり説得力ないかもしれないけど、
僕は運命って言葉、あんまり信用していないんだ」

楓太の言わんとすることが俄には解せず、拓真は小さく首を傾げた。

「後でわかったことなんだけどね、佐野宮さんも僕も、お互いが『運命の番』だとわかる
前に、もうお互いを好きになっていたんだ」

柊の『運命の番』が自分だと知ったのは、番の儀式を済ませた後だったのだという。

「それまで僕、佐野宮さんの『運命の番』は、拓真くんだと思ってたんだ」

「え、おれ？」

声を裏返す拓真に、楓太はあの頃抱いていたという誤解と苦悩を正直に話してくれた。

週刊誌に載ったセンセーショナルな記事で楓太に誤解を与えてしまったかもしれないと、
拓真は当時深く反省した。しかしよもや柊の『運命の番』だと思われていたとは。

拓真は大慌てでテーブルに額がつくほど頭を下げた。

「ごめんっ。本っ当～に、申し訳なかったと思ってる」

「ちょ、ちょっと、謝らないで」

頭を上げてよ、と今度は楓太が腰を浮かせて慌てた。

「そんなつもりで言ったわけじゃないんだ。あの記事のおかげで僕は、自分の気持ちに気づくことができたんだから、拓真くんには感謝しているくらい」

「楓太くん……」

「佐野宮さん、いつも言うんだ。『運命だから惚れたわけじゃない。惚れたのが運命なんだ』って」

ギフテッドアルファゆえのプライドなのだろう。「佐野宮さんらしいね」と口元を綻ばせると、楓太も「でしょ？」と微笑んだ。

「『お前が「運命の番」なんかじゃなくたって、俺は結局お前に惚れていた』なんて真顔で言うんだよね……ああっ、ごめん、これって惚気《のろけ》だよね」

みるみる頬が朱に染まる。自分で言っておきながら楓太は赤くなった顔を両手で覆い「めちゃくちゃ恥ずかしい」と呟いた。

——本当に幸せそうだな……。

羨ましいには違いないが、不思議と嫉妬は覚えなかった。春の陽《ひ》だまりの中にいるような、幸せのお裾分けをもらったような気分になり、拓真は「ごちそうさま」と笑った。

楽しい時間が過ぎるのはいつもあっという間だ。楓太が用意してくれた夕食をご馳走になると、双子は揃って眠そうに目を擦りだした。夕食までには帰宅できるはずだった柊は残念ながら間に合わず、拓真はそろそろ潮時だろうと暇を告げた。

「ごめんね、ロケが押したみたいで。そろそろ帰ってくると思うんだけど」

「ロケあるあるだから気にしないで」

「それからさっきの話、お役に立てなくてごめん」

さっきの話とは、この日楓太を訪ねた一番の理由、抑制剤の効力低下についてだ。夕食の時に尋ねてみたのだが、楓太にも詳しいことはわからないようだった。

「ううん、誰かに相談できただけで気持ちが軽くなった。ありがとう」

話しながら玄関を出た時、白坂の運転するワンボックスカーが車寄せに滑り込んできた。後部座席の扉が開くと柊が姿を現し、会釈する拓真に「よう」と片手を挙げた。たったそれだけの仕草にすらスターの貫禄が漂っている。

——こんな雲の上の人と共演させてもらってるんだよな、おれ。

あらためて僥倖《ぎょうこう》を噛みしめるのと同時に、そんな殿上人にちょっかいを出す真似をした過去の自分を、思い切り蹴り飛ばしたい気持ちになった。

「お留守中にお邪魔してしまってすみません」

「構わない。こっちこそ間に合わなくて悪かったな」

拓真は「そんな」と頭を振った。

「そういえば決まったんだってな。おめでとう」

突然の祝福に「へっ？」と間抜けな声が出た。なんのことでしょうと目を瞬《しばたた》かせる拓真に、柊は「高城監督の新作」と苦笑した。

「主演だそうだな。すごいじゃないか」

「おかげさまで。……ありがとうございます」

喜びで胸が躍ったのも束の間、すぐに先日の記憶が蘇ってきた。

『あの童顔のアイドル顔が、なんで抜擢されたんだろ』

もしかして柊も同じことを感じているのではないか。『おめでとう』も『すごいじゃないか』も社交辞令なのではないか。苦い思いが過ったが、次に柊の口から飛び出した台詞は拓真が予想もしていないものだった。

「楽しみにしているぞ」

「えっ」

「あの役に拓真を抜擢したって聞いて、さすがは高城監督だなと思った」

「さすが？　えっと……」

意味がわからずきょとんとする拓真に、柊は「なんだその顔は」と眦を下げた。

「自信がないのか」

「というか、なんでおれだったんだろうって、ちょっと」

「役者と役は一期一会だからな。せっかくもらった役だ。悔いのないように頑張れ」

――佐野宮さん……。

身に余る励ましに、胸がいっぱいになる。

「ありがとうございます。全力を尽くします」

柊は頷き、その視線を楓太に向けた。

「ただいま」

「お帰りなさい。お疲れさま」

たったそれだけの会話なのに、一瞬にしてふたりの間に濃厚な空気が流れるのがわかった。触れ合うわけでも見つめ合うわけでもないのに、特別な間柄だとわかる。

周りの人間の目に、冴島と自分はどんなふうに映っているのだろう。ふと浮かんだ疑問に心の中で失笑する。俳優と担当マネージャー以外の、何に見えるというのだ。

「柊くん、おかえり！」

「おかえりなさい！」

柊が帰宅した気配を察したのだろう、リビングのソファーでうとうとしていたはずの耀介と奏介が玄関から飛び出してきて、そのままの勢いで柊に抱きついた。柊はふたりを一度に抱き上げ「ただいま、いい子にしてたか？」と頰ずりする。

「奏ちゃん、いい子にしてた」

「耀ちゃんも、いい子だった」

「あのね、奏ちゃんね、きょうね、ほいくえんでころんだけど、なかなかった」

「おう、偉かったな」

「耀ちゃんは、ころばなかった！」

「あはは。そっかそっか」

双子の賑《にぎ》やかな報告に相槌を打ちながら、柊は楓太と柔らかな微笑みを交わしていた。

幸せな時間の余韻と一抹の寂しさを胸に、拓真は佐野宮邸を後にした。

白坂が送ると言ってくれたが、固辞してタクシーで帰宅した。明日の予定を確認し、手早く準備を済ませ、シャワーを浴びてベッドにダイブする。目を瞑っていてもこなせそうなルーティンワークなのに、なぜだかいつもと少し違う。部屋がやけに静かなのだ。

――さっきまで賑やかだったからな。

奏介と耀介の明るい笑い声が、耳の奥にまだ残っている。

――結局最後まで、どっちがどっちなのか見分けられなかったな。

世にも可愛らしいシンクロを思い出し、拓真は口元を緩めた。仕事場ではあまり見ることのない柊の穏やかな笑顔、ふんわりと微笑む楓太、天使みたいな双子。絵に描いたような幸せの風景が、網膜に焼きついたままだ。

この時間、大翔は何をしているだろう。もう眠っただろうか。冴島はいつものように持ち帰りの仕事でもしているのだろうか。

――会いたいな。

今すぐふたりに会いたい。これ以上の関係を望むのは贅沢《ぜいたく》だとわかっているのに。

五年前のあの日、もし冴島にスカウトされなかったら、自分は今どこで何をしていたのだろう。これまで何度となく繰り返してきた「もしも」。癒えることのない傷に触れて、あえて痛みを確認するような行為だが、この痛みこそが生きている証《あかし》なのかもしれない。

『拓真くんを預からせてください。責任を持って一人前の俳優に育ててみせます』

あの時の冴島の真摯な態度と、どこかホッとした様子の親戚たちの顔を、拓真はおそらく生涯忘れることはないだろう。

宣言通り、冴島は拓真を全力でサポートしてくれている。単位がギリギリだった高校を無事卒業できたのも彼のおかげだ。十五歳でいきなり社会の荒波に揉まれることになった拓真に、この世界の常識や暗黙のルールを、時に厳しく時に諭すように教えてくれたのも冴島だ。

栄養が偏らないようにと、簡単な料理を教えてくれた。具合が悪いといえば飛んできてくれるし、落ち込めばハグまでして励ましてくれる。

不満などあるはずもない。百点満点のマネージャーだ。

——それなのにおれは……。

「ダメだ。眠れそうにない」

拓真はベッドから下りると、真っ直ぐキッチンに向かった。冷蔵庫に以前誰かからもらった缶ビールが数本入っていたことを思い出したのだ。冷えた缶を取り出しタブを引くと、いつにない勢いでごくごくと喉に流し込んだ。

明日からの二日間は、久しぶりのオフだ。少しぐらい酔っても大丈夫だろう。

「……苦っ」

仕事柄打ち上げだなんだと酒の席は少なくない。二十歳を過ぎてからは「注《つ》がれた分は飲む」ことにしているが、あまり強くはないのでひとりで飲むことはほとんどない。珍しく飲みたくなったのは、振り払っても振り払ってもゾンビのように蘇ってくる「会いたい」を消し去ってしまいたかったからだ。

ダイニングの椅子に腰を下ろす。ふうっとひとつついたため息が、不気味なくらい静かな空間に吸い込まれて消えた。

『神さまに、何かお願いに来たのかな？』

不意に聞こえてきたのは老神父の声だ。不慮の事故で両親を一度に失って一週間目、突きつけられた現実を受け止めきれず、拓真はふらりと教会に立ち寄った。勝手に入ってきたことを咎《とが》めることもなく、老神父は優しい笑みを湛《たた》えながら、拓真が腰かけた長椅子の端に座った。

『神さまなんて……いないよ』

教会の敷地内で口にすることではなかったと今にして思う。しかしその時の拓真は「神も仏もありはしない」と心の底から思っていた。

『もし本当にいるなら、おれ、許さない』

拓真は唸るように呟いた。神さまがいるのなら、なぜ自分から家族を奪ったのか。自分を地獄に叩き落とそうとする悪魔に、神さまがＯＫを出したのだとしたら――。

『絶対に許さない』

奥歯を噛みしめて涙をこらえる拓真の横顔を、老神父はただ黙って見つめていたが、やがてその首に下げていた小さな十字架の首飾りを外すと、拓真の太腿の上にそっと置いた。

『……なんですか、これ』

『ロザリオというんだ』

祈りを捧げるための道具なのだと、老神父が教えてくれた。

『よかったら持っていきなさい』

『おれ……』

こんなのいらない、という台詞を呑み込んだ。

『毎日を、生きるんだ。一生懸命じゃなくてもいい。ただ生きるんだ。それだけでいい』

『毎日を……生きる』

神父は静かに深く頷いた。

『何も考えたくない、考えられない時には、無理に考えなくてもいい。けれどね、自分は今生きている、生かされているんだということだけは、どうか忘れないでほしい』

とつとつと語る老神父の声は、乾ききってひび割れた拓真の心に、信じられないほどの速度で染み渡っていった。

『一生懸命生きていれば、必ず誰かが見ていてくれる。それは神さまかもしれないし、そうではないかもしれない。けれどその誰かが、必ずきみを幸せに導いてくれるはずだ』

拓真は太腿の上のロザリオを手に取った。ほんの数センチの大きさなのに、その時の拓真にはずっしりと重く感じられた。

『お願い……してみても、いい？』

おずおずと尋ねる拓真に、老神父は無言のままにっこりと頷いた。拓真はそっと目を閉じ、そして祈った。

──もし神さまがいるのなら、おれに家族をください。

明るくて料理上手だった優しい母を、冗談ばかり言っていたけど本当は頼りがいのある父を、返してください。

──お願いだから……なんでもするから……。

ロザリオを握りしめる手が小刻みに震えた。ポタポタと落ちてくる温かい水滴が、自分の涙だとわかるのにしばらく時間がかかった。拓真の嗚咽《おえつ》がやむまでの間、老神父は何も言わず、ただ傍らに寄り添っていてくれた。

結局のところ神さまはいるのかいないのか。わからないまま五年半の年月が流れた。相変わらず老神父は、時々不意に訪ねていく拓真を笑顔で迎えてくれる。

「ねえ神さま、もしもどこかにいるなら、今のおれを見てくれてる？」

負のループに嵌まりそうになっていた感情が、アルコールのおかげで少しだけ浮上した。空になった二本目の缶を見つめながら、拓真は小さく呟いた。

「結構一生懸命生きてるんだけどな……おれ」

呟きながら目蓋に浮かぶのは、やっぱり冴島と大翔の顔だ。

もし神さまがいるのなら、家族が欲しいと願った。あの日教会で拓真が思い浮かべていたのは、紛れもなく亡くなった両親の顔だった。しかしいつの頃からだろう家族を思い描く時、過るのは両親ではなく冴島になった。最近ではそこに大翔が加わった。

冴島と拓真に手を引かれ、真ん中で楽しそうにはしゃぐ大翔。それが今、拓真が求めてやまない幸せの図だ。

どんなに強く望んでも、叶うことのない夢だとわかっている。諦めの悪い自分が惨めで哀れで情けなくてたまらない気分になる。このままでは自分を嫌いになってしまいそうで、空になった缶を握り潰そうとした時だ。玄関のインターホンが鳴った。時刻は午後十一時。こんな時間に訪ねてくる可能性のある人物を、拓真はひとりしか知らない。

「どうしたんですか、こんな時間に」

玄関ドアを開けるなり冴島が飛び込んできた。心なしか眦が吊《つ》り上がっている。

「何度も連絡をしたんだぞ。どうして出なかったんだ」

咎めるように言われ、あたりにスマホが見当たらないことに気づいた。慌ててベッドルームに駆け込み、毛布の下からスマホを取り出す。タップするなり夥《おびただ》しい数の着信が表示された。すべて冴島からだった。

「一時間も電話し続けたのに出る気配がない。何かあったと思うだろ」

先日倒れたばかりだ。また体調が悪くなったのかもしれない。不安に駆られた冴島は重森に事情を話して大翔を預かってもらい、車を飛ばしてきたのだという。

しばしば代理をお願いする重森には、早い段階で大翔の存在を明かしてあったという。重森は折に触れて『困った時はいつでも預かるから』と言ってくれるが、まさか深夜に突然子守をお願いすることになるとは想像もしていなかったと、冴島は深いため息をついた。

「ごめんなさい。音、消してて」

「とにかく無事でよかった。倒れていたらどうしようかと気が気じゃなかった」

拓真の顔を見て安堵したのか、冴島はダイニングの椅子にドスンと腰を落とした。乱暴に髪を掻き上げるその表情にはあきらかな疲れが滲んでいる。

――おれ、冴島さんに心配かけるために生きてるみたいだ……。

今度は重森や大翔にまで迷惑をかけてしまった。拓真はもう一度「本当にごめんなさい」と呟いて項垂れた。

「明日、予定が入ったの？」

深夜に冴島から連絡が来る時は、大抵急な予定変更があった時だ。

「あ、いや、オフのままだ。スケジュールに変更はない」

「……そう」

「大した用事じゃない。これを渡そうと思って」

冴島が肩がけのバッグから取り出したのは、思いもよらないものだった。

「ADの沢辺くん、知っているだろ。彼が拾って持っていてくれたんだ」

「そうだったんだ。よかった」

もう見つからないだろうと半ば諦めていたフェイスタオルと再会を果たし、拓真は思わず笑顔になる。頰に当てると、ふわりと柔軟剤の香りがした。

「お気に入りだったのに失くしちゃって、実は結構ショックだったんだ」

冴島にもらった大切なタオルだったから。そんな気持ちを知ってか知らでか、冴島は黙って小さく二度頷いた。もしかすると拓真の思いがわかっていたから、夜中に何度も連絡をくれたのだろうか。

――なわけ、ないか。

「洗濯は冴島さんが？」

「ちょっと汚れていたからな。礼は沢辺くんに言え」

「そうする。ありがとう」

もう一度、フェイスタオルを頰にすり寄せた。冴島が洗濯してくれたのだと思ったら、今までで一番肌触りがいいように感じた。

「じゃあ俺はこれで――」

立ち上がろうとした冴島の視線が、シンクの片隅に置かれたビールの空き缶を捉えた。

「飲んでたのか」

から だろう。

「……ちょっと眠れなくて」

冴島の眉間にきゅっと皺が寄る。拓真があまりアルコールに強くないことを知っているからだろう。

「何かあったのか」

「……何かって?」

「夜中にひとりで飲みたくなるようなことがあったのか」

缶を見つめたまま冴島が尋ねる。深夜の闇《やみ》より暗い声だった。

「別に……」

あったと言えばあった。けれどそれを冴島に打ち明けるわけにはいかない。打ち明けられないから、こんな深夜に飲んでいるのだ。

「そんなに飲んでないよ。それにほら、最近前よりは大分飲めるようになってきたし」

言い訳をする拓真を、冴島がゆっくりと振り返る。

「友達って、誰だ」

抑揚のない声に、トクンと心臓が跳ねた。

「……え」

「今日、会ってたんだろ?」

「晩ご飯食べただけだよ。すぐに帰ってきた」

我ながら、もう少しさらりとうそをつけないものかと思う。冴島はますます眉間の皺を深くし、ハッと尖ったため息をついた。

「なんていう友達だ」

「……え?」

「友達の名前。なんていうんだ」

そこまで突っ込んで訊かれるとは思ってもいなかった。

「さ、佐藤《さとう》だよ。佐藤俊太《しゅんた》。高校の……同級生」

咄嗟にたまたま頭に浮かんだ名前を口にした。抑制剤が効かなくなってきていることを冴島に知られるわけにはいかない。これ以上心配をかけるわけにはいかないし、何よりアクシデントを恐れた冴島がマネを外れてしまうことが怖かった。

ちなみに佐藤俊太とは三年間同じクラスだったけれど、言葉を交わしたことは一度しかない。冴島は胡乱げな視線で「拓真」と呼んだ。

「お前、いつから平気でうそをつくようになったんだ」

「う……」

うそじゃないと答えろ。脳はそう命令するのに唇が動いてくれない。

「その佐藤くんとやらに、ロケ現場まで迎えに来させたのか? 黒いワンボックスカーで」

思わずハッと冴島を見上げた。どうやら冴島は、拓真が白坂の車に乗るところを見ていたらしい。

「俺を欺いて、陰で何をこそこそしているんだ」

「…………」

「答えられないのか」

「…………」

「答えられないようなことをしているのか」

「違っ……」

冴島は何か誤解をしている。柊が『運命の番』と出会い結ばれたという噂は、冴島の耳にも入っているはずだ。それなのにどうして誤解が生じるのか。まさかまた半年前のように、拓真が柊につまらないちょっかいをかけたとでも思っているのだろうか。

「いつ誰とどこで会うのか、逐一冴島さんに報告しないとダメなわけ？」

ひりつく心が、そんな台詞を口にさせた。

「俺はお前のマネージャーだ。居所を把握しておく責任がある」

「責任ね……」

せめて「心配だから」と言ってくれたら少しは救われたのに。

「万が一、俺の知らないところで何かあったら――」

「大丈夫だよ。」おれ、もう子供じゃないし」

「完全な大人でもない」

「とことん信用ないんだね」

「平気でうそをつくからな」

「万が一何かあっても、冴島さんの責任だなんて言わないから安心して」

「そういう問題じゃ――」

気づいたら、バンと平手でテーブルを叩いていた。冴島がぎょっとしたように目を剝く。

「はいはい、いつだって冴島さんは正しいよ。冴島さんの言うことさえ聞いておけば間違いないんだよね」

「俺はそういうことを言っているんじゃ――」

拓真はもう一度手のひらをテーブルに叩きつけた。

「冴島さんは立派なマネージャーだよ。でも、おれの家族でもないし恋人でもない」

自分の胸に、自分の手で刃物を突き刺した気分だった。押し寄せてくる痛みと悲しみに、涙が滲みそうになる。

「拓真……」

冴島が一歩近づいてくる。と、その時だった。下腹部の奥にズンと重い熱を感じた。

――まさかヒート……？

先日冴島の家に泊まった夜にもヒートらしき感覚に襲われたが、今感じているのはあの時の比ではない。もっと強烈で大きな波が、一瞬にして拓真の全身を呑み込んだ。

——抑制剤ちゃんと飲んでるのに、どうして……。

「……っ」

突然苦しそうに表情を歪めた拓真に、冴島が「どうした」と近づいてくる。

「こっちに、来ないでっ……」

ひと呼吸ごとに疼きがひどくなる。一歩、二歩と後ずさったが、よろけて壁に手をついてしまった。

「拓真！」

「大丈夫だから！　……もう帰って」

冴島と離れなくては。その一心で拓真は寝室に向かって歩きだした。しかしすでに足元がふらつき、真っ直ぐに歩けない状態になっていた。

「帰ってじゃないだろ、一体どうした……」

背中から拓真を抱きかかえた冴島が突然息を呑んだ。

——ダメ！　冴島さん、おれから離れて！

叫びたいのに声にならない。

「はなっ……してっ」

急速に高まっていく欲望。ドクドクと激しく鳴る心臓。戦慄《わなな》く唇。

もはや理性でどうこうできる段階ではなくなっていた。

「なん、で……ちゃんと薬……飲んでたのに」

「拓真、お前……」

おそらく冴島は今、拓真の放つ淫靡《いんび》なフェロモンを感じ取っているに違いない。

恐る恐る見上げた瞳に、見たことのない色の光が宿っている。その視線に射られたかのように、拓真の足からガクンと力が抜けた。すかさず抱き留めた冴島の力強さが、拓真の身体の芯をどろりと蕩《とろ》かす。

——抱かれたい。

降って湧いた感情ではなかった。その欲望は常に拓真の中にあって、ただ厳重に蓋をして閉じ込めてあっただけなのだ。

決して口にしてはならない。ヒートで誘うような卑劣な真似だけは絶対にしないと固く心に決め、今日まで自分を戒めてきた。それなのに。

「冴島……さっ……」

冴島に抱かれたい。めちゃくちゃにされたい。今すぐ貫かれたい。

胸に吹き荒れる欲望は、まるで嵐だ。この機会を逃したら二度と冴島に抱いてはもらえない。多分これが最後のチャンスだぞ。そんな悪魔の囁きが脳をぐらぐらと揺らす。

——冴島さんので……。

実際に目にしたことはないけれど、想像なら何度もしている。冴島のもので貫かれ、あられもない声を上げる自分。

「冴島さん、おれ、もうっ……」

淫猥《いんわい》な欲望とは裏腹に、その声はべそをかいた幼子のように頼りなく震える。

冴島の喉仏がゴクリと上下した。

「……拓真」

泥のように重苦しい身体がふわりと宙に浮き、抱き上げられたのだとわかった。

——抱いて……早く。

今にも口を突きそうになる。拓真は冴島の腕に縋りつきながら、激しい欲求と闘った。

身体を震わせ呼吸を乱す拓真をソファに横たえると、冴島はそのままの勢いで圧しかかってきた。そして首筋に鼻先を擦りつける。裏側にある分泌腺から漏れてくるフェロモンを嗅いでいるのだろう。

「あぁ……」

理知的で紳士的な普段の冴島からは想像もできない、動物的な行為だった。

「甘い……匂いだ」

「冴島さん、ダ……んっ……ふっ」

ダメだと告げる直前、唇を塞がれた。歯列を割って、分厚い舌がぬるりと入ってくる。

──冴島さんとキス……してる。

痺《しび》れた思考の片隅に芽生える小さな喜び。冴島の唇に触れることなど、死ぬまでないと思っていた。

「拓真……」

囁く冴島の声がひどく湿っていて、拓真は身体の奥にズクズクと激しい疼きを覚える。

──抱いて……挿《い》れて……早く……中をぐちゃぐちゃに……。

それはもう、思考と呼べるものではなかった。

本能の塊になっていく自分を感じる。ひと呼吸ごとに冴島の匂いを強く感じた。

「冴島さん……ダメ」

理性を振り絞ってようやくそう口にした。しかし口づけは深まるばかりだ。

息が詰まるほどの力で抱きしめられ、意識が遠のきそうになる。後孔がどろりと濡《ぬ》れるのがわかった。

「ダメ……だ、って……んっ……」

拒絶の言葉ごと、冴島の熱い唇に塞がれる。拓真にはもう欲望に抗《あらが》う力など欠片も残ってはいなかった。

「お前を他の男に取られるくらいなら……」

キスの合間に、冴島が低く囁く。

──冴島さん……。

嬉しかった。たとえフェロモンに翻弄されて口を突いただけだとしても。冴島が自分を求めてくれている。それだけで十分に幸せだった。

「冴島さん……早く」

挿れて。深くて熱いところをぐちゃぐちゃにして。

唇がそう紡ごうとした時だ。どこからかスマホの着信音が聞こえた。冴島のズボンのポケットからだった。拓真の背中をまさぐっていた冴島の手が止まる。ふたりの唇が、唾液の糸を引きながらゆっくりと離れる。

我に返った瞬間の冴島の目を、拓真は一生忘れることはないだろう。

俺は今何をしていたんだ──。困惑に揺れる瞳が、みるみる後悔の色を帯びていく。

「出たら？」

「あ……ああ」

拓真に促され、冴島がスマホを耳に当てた。

「冴島です……いえ、大丈夫です……はい……はい……」

いつも通りの冷静な口調に、どろどろに蕩けてた思考がほんの少しクリアになる。

──やっぱりダメだ、こんなこと。

拓真は渾身《こんしん》の力で冴島の身体を押しのける。寝室に飛び込み、素早く鍵をかけた。

「おい、拓真！　——すみません、かけ直します」

通話を切りながら追ってきた冴島がドアノブをガチャガチャと回す。

「拓真、開けろ！」

鍵がかかっているとわかると、冴島は激しくドアをノックした。

「……帰って」

「頼む、開けてくれ」

「帰って……お願いだから」

ドアに背中を預けたまま、ずるずると床に尻餅をついた。固くなった中心からはひっきりなしに先走りが溢れ、パジャマ代わりのスウェットに卑猥な染みを作っていた。後孔もじゅくじゅくと濡れている。容赦のないヒートに、拓真は唇を噛んで耐えた。

「拓真、開けてくれ——」

「帰れって言ってるだろ！」

後ろ手に、ドアを思い切り殴った。冴島の息を呑む気配が伝わってくるようだ。

「頼むから……帰って……お願い……」

こらえ切れず涙が溢れる。しゃくり上げながら「帰って」と繰り返すことしか、拓真にできることはなかった。

ほどなく遠くで玄関ドアの閉まる音がした。拓真はその場に座ったまま、着ているものを乱暴に脱ぎ捨てた。足元に引っかかったボクサーショーツを振り払うわずかな間さえもどかしい。待ったなしの状態まで勃《た》ち上がった中心を握る。

「……あっ、ああ、あっ！」

二度、三度擦りたてただけで、手のひらの中の熱が爆《は》ぜた。

「あぁ……冴島さっ……っ……」

激しく呼吸を乱し、愛しい人の名前を呼んだ。

「冴島さん……好き……大好き」

ほんの一瞬、正気に戻ってしまった。あの一瞬がなければ、帰れなんて言わなければ、今頃冴島と結ばれていたのに。

間違いだっていい。気の迷いだっていい。誰に何を言われても、すべてを失っても構わない。冴島とひとつになりたかった。

「……うぅ……っ……」

床を拳で叩きながらも、拓真の欲望は熱を保ったままだ。恒常的に抑制剤を服用しているせいか、拓真は比較的淡泊な方だ。時々自慰はするけれど、一度で終わらないことなんてこれまで一度もなかったのに。

固く勃ち上がったままのそこに、ふたたび手を伸ばす。

「……っ……あっ、ん……」

こらえようとしても、湿った声が漏れてしまう。

「冴島……さっ……」

さっきの唇を思い出す。拓真……と囁く湿った声も。

拓真、可愛いな。こんなに濡らして。感じているのか？

妄想の冴島はいつもすごく優しくて、信じられないくらいいやらしい。いやらしいことをされて、拓真は歓《よろこ》びに悶《もだ》える。

――拓真、イッていいぞ。

そこにはいない冴島が囁く。節くれだった長い指で、中心を扱《しご》かれる。

「冴島さ……っ……あっ、ああっ！」

手の中でドクンと欲望が弾けた。ビクビクと腰を戦慄かせ、拓真は二度目の頂を迎えた。

「……っ……くっ……」

気だるい身体を床に横たえながら、拓真は静かに目を閉じた。眦から流れ落ちる涙の温かさが、混乱を悲しみに変えた。

――終わっちゃった。

気をつけていたのに。こうなることだけは絶対に避けなければと、細心の注意を払っていたのに。ほんのわずかな綻びから最悪の結果を招いてしまった。

予期せぬヒートだったのだと言い訳しても、冴島は信じないだろう。

『お前、いつから平気でうそをつくようになったんだ』

冴島は拓真に、うそつきの烙印《らくいん》を押したのだ。

ヒートで唆して欲望を満たそうとした拓真を、冴島は決して許さない。人並み以上に責任感の強い人だから仕事を放り出すことはないかもしれないが、心の中では死ぬまで拓真を軽蔑し続けるに違いない。

結ばれることはないとわかっていた。いつか諦めなくてはならないことも。けれど冴島に軽蔑される日が来ようとは思ってもみなかった。

我に返った冴島の、絶望に満ちた瞳が脳裏に貼りついて離れない。死んでしまいたいと思うのに、ヒートは収まる気配を見せず、ジクジクといつまでも拓真を苛《さいな》む。

その夜、拓真はひと晩中泣きながら自慰を繰り返した。

ヒートは翌々日の午後まで続いた。

◇◇◇

「冴島さん、ちょっと見てもらっていいですか」

背後から声がした。この春入社したばかりの新人だ。

「ん、どうし——っ」

振り向こうとした瞬間、頭に鈍い痛みが走り、思わずこめかみを押さえた。

「……っぅ……」

「頭痛ですか？　大丈夫ですか？」

新人が心配そうに冴島の顔を覗き込む。

「……大丈夫」

ただの二日酔いだ。冴島は軽く頭を振り「どうした」と新人を見上げた。

「この書類、フォーマットが変わったみたいで、書き方がわからなくて」

新人が一枚の書類を差し出した。

「ああ、これはな——」

記入の仕方を教えると、新人は「ありがとうございます」と去っていった。冴島はふうっとため息をつく。静かに目を閉じると、今朝の社長室でのやり取りが脳裏に蘇ってきた。

『本当にいいんだな?』

『はい』

『やっぱりマネに戻してくれと言われても――』

言いかけて、北原はふっと口元に自嘲の笑みを浮かべた。

『法務部は人手不足だとか、そろそろ拓真を独り立ちさせろだとか、しつこく異動の打診をしたのは誰だ、という顔だな』

冴島はふるんと頭を振った。

『社長の恩情に甘えて何年も引き延ばしてしまって、申し訳ありませんでした』

追って内示を出すという北原に一礼し、冴島は社長室を出た。

この日の朝一番、冴島は北原のもとを訪れ、法務部への異動の話を受けることにした旨を伝えた。突然の承諾に北原は驚きを隠さなかったが、その理由を詳しく尋ねてはこなかった。先日の『法務部は今、人手不足』という発言が、冴島の背中を押したと思ったのかもしれない。

無論それも理由のひとつではあるが、冴島に大きな決断をさせたのは、昨夜の拓真との一件に他ならない。

――あれが、ヒート……。

オメガのフェロモンに当てられるとどうなるのか。話だけは何度となく聞いていた。ある者は「理性を根こそぎ奪われる感じ」だと言った。またある者は「脳が溶けていくような感じ」だと言った。皆が口を揃えて語るのは「とても逃れられるものではない」ということだった。拓真のフェロモンを間近で嗅いだ瞬間、確かに冴島はその通りの感覚に襲われた。

――だとしても、だ。

決して足を踏み入れてはならない領域に、一歩踏み込んでしまったことには変わりない。未遂に済んだからといって許されるものではない。ヒートに陥った拓真を抱こうとした。どんな言い訳をしようと、その事実を消し去ることはできない。

『帰れって言ってるだろ！』

五年間守り続けてきたふたりの関係を、脆《もろ》く危うい均衡を、拓真は必死に守ろうとした。

――それなのに俺は……。

拓真の部屋を出た途端、もう後悔していた。

戻れ。戻って拓真を抱け。今しかないだろ。今を逃したらもう二度と機会は巡ってこないかもしれないぞ――。本能の囁きに耳を塞ぎ、マンションを飛び出した。家に戻るなりウイスキーのボトルを持ち出し、ストレートで喉に流し込んだ。そうでもしなければ、気が変になりそうだった。

『頼むから……帰って……お願い……』

絞り出すような拓真の声が、鼓膜の奥でこだました。突発的なヒートを経験するのは、初めてだったに違いない。あの後拓真はどうしたのだろう。ひとりで自分を慰める姿がリアルに浮かんできて、冴島はたまらずグラスを呷った。

——俺は……。

最悪なのは、起こってしまったことへの後悔より、部屋を出てきてしまったことへの後悔の方が大きいことだった。「未遂に済んでよかったじゃないか」と理性が呟く。その傍らで本能が「なぜ抱かなかったのだ」と喚《わめ》き散らす。

思えば白坂の車に拓真が乗り込むのを見た時から、欲望の箍《たが》が外れていたのかもしれない。厳然とそこにあるのに、ずっとないものとして扱ってきた感情。見て見ぬふりをしてきた欲望。

——俺は……拓真が好きだ。

拓真がオメガだからではない。縁あってその成長を見守ることになった、神林拓真というひとりの青年。その健気で真摯な人となりに惹かれ、気づけばもう後戻りできないほど愛していた。

『心配するな。お前が一人前の役者になるまで、どんなことをしてでも俺が守ってやる』

右も左もわからない十五歳の拓真に、冴島はそう言葉をかけた。

最初は庇護欲だった。両親を一度に亡くした傷を抱え、怯えたように瞳を揺らす少年を、少しでも安心させてやりたかった。一日も早くその才能を開花させ、両親の墓前に報告させてやりたいとも思った。その責任は自分が一身に背負うと決めた。

どんなことをしてでも俺が守ってやる。あの日の約束を、よもやこんな形で破ることになるとは。

どこで道を間違えたのだろう。そもそも正しい道など存在するのだろうか。答えの気配すら感じられないまま、気づけば朝になっていたのだった。

社長室からエレベーターホールに向かう長い廊下を歩きながら、浮かぶのは拓真の顔ばかりだ。今日と明日がオフだったことは不幸中の幸いだった。

拓真は今、何をしているのだろう。ヒートにひとりで耐えているのだろうか。

冴島さん、助けて。苦しいよ……。

拓真の声が聞こえた気がした。思わずポケットからスマホを取り出したが、すぐに思い直した。ヒートで苦しむ拓真に、アルファの自分には駆けつけてやることすらできない。

『冴島さん……早く』

淫猥に濡れた声が蘇る。忘れようと頭を振ったら、側頭部がズキンと痛んだ。二日酔いで出勤したのは、入社以来初めてのことだった。

二日間の休暇が明け、拓真の撮影が再開した。ヒートは完全に収まったと前日の夜に連絡を受けていたが、朝一番の顔色は決してよいとは言えなかった。「体調は大丈夫なのか」と尋ねても「そう言ったでしょ」と素っ気ない答えが返ってくるだけだった。

気まずさから互いに口が重く、車の中には重苦しい空気が漂っていた。それもこれも予想していたことだったが、それでも冴島には拓真に報告しなければならないことがあった。

「拓真、実はな」

撮影所の門が見えてきた頃、ようやくその話を切り出した。拓真の反応は素早かった。

「謝らないで！」

後部座席の拓真が身を乗り出してきて叫んだ。

「あれはおれが悪かったんだから。冴島さんは悪くない。本当にごめんなさい」

拓真が項垂れた。

「お前のせいじゃない。ちゃんと薬、飲んでいたんだろ?」

「そうだけど……」

「一度かかりつけの先生に相談してみた方がいいな」

最近の抑制剤は副作用がほとんどないと聞いているが、効果の持続性についての情報はあまり巷間《こうかん》に出回らない。拓真は俯いたまま「そうする」と小さく答えた。

駐車場に停車するや、拓真はいつにない速さで車を降りてしまった。冴島はその背中に「拓真」と呼びかける。肩越しに「何?」と振り返った拓真の視線が弱々しくて、冴島は告げるべき台詞を呑み込んでしまった。

「いや、なんでもない」

拓真は小さく首を傾げ、そのまま足早に撮影棟へと歩いていった。後ろ姿を見送りながら、冴島は静かにひとつため息をついた。

どの道話さなければならないのだけれど、切り出すなら撮影後の方がいい。そんな考え自体が逃げなのだということはわかっている。それでも拓真が受けるであろうショックを想像すると、かつてないほど気が重かった。

長い一日が終わり撤収の準備をしていると、この日最後のシーンを撮り終えた拓真が、こちらに向かって走ってきた。近づいてくる表情が見たこともないほど険しくて、冴島は直感した。誰かから異動の話を聞いてしまったのだろう。

「どういうこと?」

肩で息をしながら、拓真は冴島の前に仁王立ちした。

「法務部に異動するって本当?」

「誰に聞いた」

「誰だっていいじゃん!　ちゃんと答えてよ!」

拓真は声を震わせ拳を握った。冴島はゆっくりと拓真の方へ向き直る。

「異動の話は本当だ」

「……っ」

拓真の目が揺れながら大きく見開かれる。この透明度の高い湖のような瞳が好きだと思った。こんな時だというのに。

「それってつまり、おれのマネ、外れるってこと？」

「そういうことになるな」

努めて冷静になろうとするあまり、事務的な口調になってしまう。

「そんなっ……」

拓真が唇を戦慄かせた。

「なんで黙ってたの」

「帰りの車で話そうと思っていたんだ」

「いつ決まったの」

「一昨日だ」

拓真は衝撃を隠そうともせず、もう一度「そんなっ」と唇を震わせた。

「なんで？　なんでこんな、急に」

「急じゃない。異動の打診は以前からあった。ずっと保留にしてもらっていたんだ」

拓真は瞳を揺らし「知らなかった」と呟いた。

「断れないの？　冴島さんほど有能なマネはいないんだから、話せば社長だって」

「無理を言うな。俺は市井のサラリーマンだぞ」

なんて卑怯な言い訳なのだろう。激しい自己嫌悪が襲ってくる。

「おれから社長に頼んでみる。異動を撤回してくれって」

「無理だ」

「なんで！」

「異動の話を進めてくれと社長に頼んだのは、俺だ」

「なっ……」

拓真が息を呑むのがわかった。その瞳がみるみる潤んでいく。

「中で話そう。乗れ」

車の中に誘おうとする冴島の手を薙ぎ払うと、拓真はそのまま踵を返して走りだした。

「待て」

すぐに追いかけて後ろから腕を掴む。拓真は「放せよ！」と身を捩った。

「落ち着け、拓真。話を聞いてくれ」

「今さらなんの話？　もう決まったことなんでしょ？　そんなにおれの傍にいるのが嫌なら、もっと早く辞めてくれてよかったのに！」

絶叫に近かった。拓真の瞳からぽろぽろと涙が零れ落ちるのを見て、冴島は胸を掻きむしられるような思いがした。

「それは違っ――」

「違わない！　自分の言葉ひとつで赤くなったり青くなったりするおれを見て、面白がってたんでしょ？　心の中で笑ってたんでしょ？」

「拓真……」

「ハグなんかして気を持たせて……おれの気持ち弄んで、楽しかった？」

拓真の言葉は真っ直ぐ冴島の胸に突き刺さり、痛い場所を抉《えぐ》った。

「なんか言えよ！　ねえ、冴島さん！」

反論しない冴島に絶望したのか、拓真はがっくりと肩を落とす。

「最低だよ……冴島さん」

涙声でそう言い残し、走り去ってしまった。

遠ざかる背中を見つめながら、冴島は血が滲むほど強く唇を嚙みしめる。

――これでいいんだ。

遅かれ早かれこんな日が来るだろうと、心のどこかでいつも思っていた。拓真の思いを受け止めてやれないのなら、傍にいること自体が酷だ。

過ちは幸い未遂に終わった。失恋の傷は時間が癒やしてくれるだろう。

――本当にそれでいいのか？

もうひとりの自分の声がする。

「いいんだ。これで」

己に言い聞かせるように呟き、冴島は車のドアに手をかけた。

◇◇◇

「はい、ＯＫです！　一旦休憩入りまーす」

現場に助監督の声が響く。ピンと張っていた空気が一気に緩み、演者たちに笑顔が浮かんだ。

『バディ！　２』の撮影はいよいよ大詰めに差しかかり、拓真と怜奈は明日でクランクアップの予定だ。前作に続き視聴率も好調で、現場の空気は終始明るかった。

「やっぱり自然はいいなあ。街ん中とは空気が違う」

両手を広げて深呼吸をする瀬田に、拓真を含め周りにいた全員が笑顔で頷いた。

よもやのマネージャー交代から三週間が経ったこの日、ロケ隊は都内のはずれに位置する山中にあった。麓の駐車場からおよそ十五分、スタッフもキャストもそれぞれの荷物を背負って山道を登った。

緑と木漏れ日と野鳥の囀《さえず》り。頬を撫でる風までが都会のそれとは違って、このところ荒《すさ》んでいた拓真の心に、ひと時穏やかな光を差し込んでくれた。

休憩用の椅子に腰を下ろして額の汗を拭う。ここ数日で、空は一気に夏色に変わった。

「冴島さん、おれのバッグからタオル取っ――」

半身で振り返った先に冴島の姿がないことを思い出し、拓真はふっと自嘲の笑みを浮かべた。考えるより先に口を突いてしまうその名前。思い出すたび胸の奥が捩じれるように痛む。多分一生、消えることのない痛みだ。

「はい、タオル」

重森が笑顔でタオルを差し出した。拓真の新しいマネージャーだ。

「……すみません」

「大丈夫。気にしてないよ」

重森の優しさが苦しかった。脊髄反射のように冴島を頼ろうとしてしまう拓真に、嫌な顔ひとつしない。冴島ならこんな時「しっかりしろ」と厳しく叱責するだろう――などと考えている自分にまたぞろ呆れる。

――どうしてあんなこと言っちゃったんだろう。

幾夜も後悔の嵐に苛まれ、涙はもう枯れた。ヒートになったとわかっていて冴島を誘おうとしたのは自分だ。オメガのフェロモンをまともに浴びてしまったアルファの冴島には為すすべなどなかっただろう。

——それなのにまるで、全部冴島さんのせいみたいに……。

マネージャーを外れたいと思うのも当然だ。思われても仕方のないことをしてしまったのだから。

異動の内示が出てすぐ、拓真は北原に呼ばれた。

『冴島くんはね、元々法務部門を任せるつもりで採用したんだ』

まずは現場を知りたいという冴島の強い意向を汲む形で、二、三年の予定でマネージメント部に配属したのだという。

『すぐに法務に行かせるつもりだったんだけどね』

北原はにやりと笑った。拓真を育てることに心血を注ぐあまり、冴島は異動の打診を保留し続けたのだろう。

『マネージャーは冴島くんの、いわば仮の姿だったってわけだ』

『仮の姿……』

ズキンと胸に鋭い痛みを覚えた。『悪く思わないでくれよ』と肩を叩かれ、拓真は項垂れるしかなかった。

最低なのは自分だとわかっている。未遂に済んだとはいえ、ヒートに巻き込もうとするような卑劣な人間とは、一秒たりとも一緒にいたくないだろう。

——それでもやっぱり好きなんだ。

未練がましいと言われようと、どの面下げてと罵られようと、冴島を好きだという気持ちを変えることはできない。あまりにも報われない恋に身も心も押し潰されそうになっていた拓真に、思わぬ人物から救いの手が伸びたのは、マネ交代から一週間が過ぎた頃だった。

『ゾンビみたいな顔だな』

落ち込みすぎてNGを連発してしまい、自己嫌悪のあまり撮影所の片隅で蹲っていた拓真に近づいてきたのは柊だった。

『……すみません』

NGを咎められるのだろうか。縮こまる拓真の横に腰を下ろすと、柊は演技についてのアドバイスをいくつかくれた後、不意にこんなことを言った。

『生きていればいろいろある』

『……え』

一瞬、心の裡を覗かれたのかと思った。拓真は傍らのトップ俳優を見上げた。

『どこまで進んでも真っ暗闇で、明かりが見えてくる気配すらない。果たしてこの道は正しいのだろうか。見当違いの努力をしているんじゃないか。考えだすと眠れなくなる』

『佐野宮さんでも、そんな時があるんですか』

『人間だからな』

一応、と真顔で答えるので思わず噴き出しそうになった。

『人ひとりが背負えるものには限界がある。重すぎるものは捨てていかなければならない。けど、どんなに重くても、邪魔になっても、捨てられないものもある』

手放せば楽になれるとわかっているのに、どうしても捨てられないもの。

拓真にとってそれは、冴島への恋心だ。

『そういう時、佐野宮さんはどうされたんですか?』

おそるおそる尋ねると、柊は『そんなもん決まってるだろ』と笑った。

『捨てたくないなら背負っていくしかないだろ。どんなに重くても苦しくても、意地でも背負っていくんだ』

『辛いですよね』

俯く拓真に、柊は穏やかな声で『辛いな』と呟く。柊はきっと気づいているのだ。拓真が何に苦しみ、何を捨てられずにいるのか。

『もう限界かなと思った時は、ファンの顔を思い浮かべろ』

『ファンの……顔』

柊は正面を向いたまま、静かにひとつ頷いた。

『ひとりひとりの顔は知らない。けど神林拓真の出演作品を心待ちにしているファンはたくさんいるはずだ』

拓真の脳裏に、以前電車の中で雑誌の話をしていた女子高生たちの顔が浮かんだ。顔だけではない。生き生きと弾むような会話まで、はっきりと蘇ってきた。

『ファンを裏切るわけにはいかない。そう思うと不思議と力が湧いてくる。限界の、もう少し先まで行けそうな気がしてくる』

ファンを裏切るわけにはいかない。その言葉は拓真の胸にずしりと強く響いた。

次に浮かんだのは大翔の笑顔だった。大翔だって大切なファンのひとりなのだ。

大翔が『バディ！ 2』の放映を毎週楽しみにしていることは、冴島から聞いている。

――あの笑顔を裏切りたくない。

冴島への恋心を捨てるなんて、とてもじゃないけれどできない。だったら背負っていくしかない。どんなに辛くても。

今自分がすべきことは、迷って悩んで落ち込んで、NGを連発することではない。ドラマを楽しみにしてくれているファンの期待に、全力で応えることだ。そして一日も早く一人前の俳優になって、冴島を安心させることだ。

『心配するな。お前が一人前の役者になるまで、どんなことをしてでも俺が守ってやる』

約束を果たせなくなって、一番悔しい思いをしているのは冴島だろう。人一倍責任感が強く心配性の彼のことだ。NGを連発するほど落ち込んだままでは、新部署での仕事もきっと手につかない。

――頑張らないと。

柊のアドバイスのおかげで目が覚めた。拓真は己を奮い立たせ、日々の演技に没頭した。すると皮肉なことに周囲からはこれまでとは違う声が聞こえ始めた。

『最近の神林くんは鬼気迫るものがあるな』

『高城監督に抜擢されたからな、気合入ってるんだろ』

『たまにハッとするような目をするし、高城さんやっぱり見る目があるよな』

耳に届く様々な評価に、拓真はあえて耳を塞いだ。

無心になるのだ。すべてを遮断して演技に没頭する。

ファンのために。未来の自分のために。そして――愛する人のために。

翌日も同じ山中でのロケだった。前日に引き続き撮影は順調に進み、夕方前に拓真は自身の撮影スケジュールを終え、ひと足先にクランクアップを迎えた。スタッフたちからもらった花束を手に、束の間の安堵感と充足感に浸っていると、背中から「神林さん」と声をかけられた。

「クランクアップですね。お疲れさまでした」

「ありがとう。沢辺くんもお疲れさま」

アルバイトADの沢辺とは、年が近いこともあって撮影中よく話をした。面と向かってファンだと言われたことはないが、拓真の出演作品はすべて観ているらしく、不意に『あの役の時は』『あの作品の神林さんは』と熱く語りだすこともあった。ありがたいことだと思っている。

「そうだ、五十嵐さんに会えましたか?」

「五十嵐さん?」

さっきまで真剣な表情でモニターを覗き込んでいたはずだが、そういえば姿が見当たらない。

「神林さんのこと探してましたよ。五分くらい前かな」

「え、おれを?」

「あっちへ行ったのを見ました」

沢辺は今朝みんなで登ってきた小道を指さした。下った先には駐車場がある。

「行ってみましょう。急げば追いつくかもしれない」

「あ……うん」

拓真が頷くのも待たず、沢辺は小道に向かって歩きだした。その背中を追いながら、拓真の頭の中にはいくつもの「なぜ」が浮かんでいた。五十嵐の場所から、自分の姿はずっと見えていたはずだ。声をかけるつもりならいつでもかけられただろう。なぜ拓真が単独で山を下りたなどと思い込んだのだろう。そもそもどんな用があって自分を探していたのか……。

「ねえ、沢辺くん。五十嵐さん、本当にここを下ったの?」

十分ほど下ったところで、拓真は沢辺に声をかけた。

「ええ。ちゃんとこの目で見ましたから。急いで追いかけましょう」

沢辺はやけに自信満々だった。そしてなぜかひどく急いでいる。

「あのさ、沢辺くん。一度戻らない?」

「なんでですか」

「急にふたりでいなくなったら、みんな心配するんじゃないかな」

山中ではあるが携帯電話の電波は届いている。重森にだけは連絡した方がいいだろうとスマホを取り出した時だ。沢辺の手が素早く伸びてきて拓真の手からスマホを奪い取った。

「余計なことすんなよ」

好青年然としていたこれまでの彼とは別人のような、低く濁った声色だった。

「……沢辺くん?」

「黙って俺についていてくればいいんだよ、拓真」

「拓真って、ちょっ、あっ——……」

沢辺の豹変《ひょうへん》に気づいた時にはもう遅かった。鳩尾《みぞおち》を拳で強く殴られ、拓真はガクリと膝から崩れ落ちた。

「愛してるよ、拓真」

沢辺の不敵な呟きを聞きながら、拓真の意識は遠のいた。


「……っ……」

ひどい頭痛で目が覚めた。夢の中にいるのかと思ったが、視界の隅にぼんやりと浮かんだシルエットが沢辺のものだと気づき、夢などではないと悟った。

——ここは……。

山小屋か何かだろうか。板張りの狭い空間に、沢辺の他に人の気配はない。

声を上げようとしたが、猿ぐつわをされていてままならない。その上左手首と右手首、左足首と右足首をそれぞれ縄で縛られていて、身動きひとつできない状態だった。あれから一体どれくらいの時間が経ったのだろう。

「気分はどう、拓真」

拓真が目を覚ましたことに気づいたのだろう、沢辺が近づいてくる。その口元には不気味で不敵な笑みが浮かんでいた。拓真は鋭い目で睨み上げる。

「拓真は簡単に人を信用しすぎだよ。お人好《ひとよ》しすぎて心配になる」

沢辺が頬にふっと息を吹きかけてくる。背筋がぞくりとして思わず身を捩った時だ。身体の芯がやけに熱いことに気づいた。

——まさか……。

ハッと目を見開いた拓真を見て、沢辺がクスクスと笑う。

「そろそろ効いてくる頃かな? お、く、す、り」

お薬。それが何を意味するのかは考えるまでもなかった。

「ヒート励起薬なんていう便利なものがあるんだね。開発してくれた人に感謝しなくちゃ」

ふふっと楽しそうに笑う沢辺の視線を追うと、小さなアンプルと注射器が床に転がっているのが見えた。全身が総毛立つ。

「——っ、んっ、んんっ!」

「そんな顔するなよ。傷つくなあ」

ねっとりとした口調で言いながら、沢辺が顔を近づけてくる。

「ああ……拓真の匂い……いい匂いだ」

首筋に鼻先を押し当てられ、嫌悪感で吐き気を催した。同じことを冴島にされた時には、痺れた思考の片隅で小さな歓びを覚えたのに。

「やっぱりTシャツやタオルじゃダメだ。本物じゃなくちゃ」

——あれは、こいつの仕業だったのか……。

冴島からもらったタオルに、こんな男が触れたなんて。大切なものを穢された気がして猛烈に腹が立った。

憎くて仕方がないのに、薬のせいで身体の奥が熱く疼いてしまう。意思に反して勃ち上がったそこからは、いやらしい体液が溢れ出す。

「濡れてきちゃったみたいだから、脱ごうか」

どこから持ち出してきたのか、沢辺の手には銀色に光るハサミが握られていた。

「んっ！　んんっ！」

「大丈夫、怪我をさせたりはしない。いやらしいところ、見せてもらうだけだから」

クスクス笑いながら、沢辺は拓真の着衣に躊躇なくハサミを入れた。あっという間にボクサーショーツ一枚の姿にされ、拓真の眦には憎しみの涙が滲む。

「わあ、ベトベトだ。早く出したいんだろ？　今俺が気持ちよくしてやるからな」

死ね、クソやろう。視線で訴えても沢辺の心には届かない。

「ここ、佐野宮柊には見せたの？」

沢辺が初めて眉間に皺を寄せる。なぜここで柊の名前が出てくるのか。

「佐野宮柊のどこがいいんだよ。俺の方がずっとずっと拓真を愛してるのに」

恍惚《こうこつ》とした表情は、すでに正気の人間のものではなかった。

「あんなやつの好きにはさせない。だって拓真は俺だけのものなんだから。一緒に気持ちよくなろう、拓真……」

愛してる。愛してるよ拓真。囁きながら沢辺は拓真の下腹に唇を這《は》わせる。恐怖と嫌悪とヒートで、頭が変になりそうだった。

——冴島さん、助けて……！

声にならない声を上げた。たとえ結ばれない運命だとしても、拓真が抱かれたいと思うのは、この世に冴島ただひとりだ。

「んんっ、んーっ！」

拓真が最後の力を振り絞って身体を捩った時だ。小屋のドアをドンドンと叩く大きな音がして、沢辺がびくりと顔を上げた。

「誰だ……？」

沢辺がドアの方を振り返るのと同時に、ドスンとひときわ激しい音がして、外の明かりが差し込んできた。眩《まぶ》しさに目を眇める間もなく「ぐわぁっ」という獣のような唸り声が聞こえ、目の前から沢辺の姿が消えた。

「な、なんであんたがここに——」

「黙れ！」

その声の主が誰なのか、顔を見るまでもなくわかった。

まさか助けを求める心の声が届いたのだろうか。

「ま、待ってくれっ、こ、これにはわけが」

「うるさい！」

「うぎゃあっ！」

沢辺は断末魔の悲鳴を上げながら床を転がり、壁にぶつかって動かなくなった。気を失ったらしい。

「拓真！　大丈夫か！」

小さく頷くのがやっとだった。

「怪我はないか」

もう一度コクンと頷くと、冴島は「間に合ってよかった……」と天井を仰いだ。そして拓真を抱き起こすと、猿ぐつわと手足を拘束していた縄を解いてくれた。異動になってたったの三週間なのに、もう何年も会っていないような気がする。

「本物の……冴島さんなの？」

「何を言っているんだ」

「だって……」

『そんなにおれの傍にいるのが嫌なら、もっと早く辞めてくれてよかったのに！』

ショックと混乱からひどい言葉をぶつけてしまった。礫《つぶて》のようなそれは間違いなく冴島を傷つけたはずなのに。冴島は無言のまま素早くスーツの上着を脱ぎ、あられもない姿にされた拓真をふわりと包んでくれた。

——ああ、冴島さんの匂いだ……。

安堵の涙が滲む。しかし懐かしさに浸っている場合ではなかった。

「冴島さん、離れて……」

——欲しい……冴島さんが欲しい。

叫び出しそうになる本能を必死に抑え込み、拓真は部屋の隅に転がっているアンプルと注射器を指さした。冴島は表情を歪めながら「わかっている」と頷く。すでにフェロモンを感じ取っているのだろう。

「早く、出ていって、じゃないとまた……」

息も絶え絶えに訴える拓真の前で、冴島はやおらポケットから錠剤のようなものを取り出すと口に放り込んだ。おそらくアルファ用の抑制剤だろう。

「お守り程度にしかならないだろうけどな」

そう言って冴島は立ち上がった。そしてヒートに戦慄く拓真の身体を力強く抱き上げ、駐車場までの道を風のように駆け下りた。

——抱いて……挿れて……奥に……。

後部座席に収まった拓真は、唇を噛みしめてヒートの苦しみに耐えた。恐ろしいほどの欲望で前も後ろもべとべとに濡れそぼっている。全身が一触即発の状態だった。

ハンドルを握る冴島の後ろ姿にもいつもの余裕はなく、浅い呼吸を繰り返しながらひっきりなしに汗を拭っているのが見えた。もちろん窓は全開だ。

「ああ……っ……」

意思とは関係なく声が出てしまう。嬌声《きょうせい》にも似たそれがどれほど冴島を煽《あお》るか、わかっていても止められない。

「熱い……奥が……」

もうそのことしか考えられなくなる。

「頑張れ、もう少しだ」

励ます冴島の声が苦しそうに掠《かす》れている。

「ごめんなさい……おれの……せい……で」

「お前のせいじゃない。悪いのは俺だ」

なぜ冴島が悪いのか。考えようとしても、ヒートのせいで思考がまとまらない。

「お前を抱きたいんだ」

冴島も同じような状態なのだろう、そんなことを呟いた。ヒートに煽られて口走ってしまったのだとしても、涙が出るほど嬉しかった。

「おれはずっと前からお前が……っ」

冴島が小さく唸る。自分の腕を噛んでいるのが見えた。

――冴島さん、ごめん。ごめんなさい。

苦しめるだけだとわかっていても、やっぱり諦めるなんて無理だ。冴島のワイシャツに小さく滲む赤い血を見つめながら、拓真は自分の諦めの悪さに絶望した。


「悪いな。場所を選んでいる余裕がない」

冴島が車を滑り込ませたのは、シティホテルだった。頷くことすら困難な状態になっていた拓真は、冴島に支えられなければ真っ直ぐ歩くこともできなかった。

部屋に入り鍵をかけた途端、冴島は拓真の身体をベッドに押し倒した。

「拓真……」

息が止まるほど強く抱きしめられ、耳元で名前を囁かれた瞬間。

「あ、やっ……あぁっ!」

ビクビクと身体を戦慄かせ、拓真は果ててしまう。さすがに入室から十秒でイッてしまうとは思っていなかったのだろう、冴島は驚きに目を見開いた。

「……すごいな」

「ごめっ……なさい……」

あまりの恥ずかしさに、拓真の眦からは涙が溢れた。居たたまれなさに顔を覆おうとすると、その手を冴島が遮る。

「どうして謝るんだ」

「だって……」

「これからもっと気持ちよくしてやる。何度でもイけばいい」

「冴島さん……」

理性の塊の冴島からは想像できない扇情的な台詞に、下腹の奥がぎゅっと熱くなる。たった今達したばかりだというのに。

「気持ち悪いだろ。脱がすぞ」

冴島の手で、すべての衣服を脱がされる。剝き出しになったそこは先走りと吐精でべとべとに濡れていた。ねっとりと卑猥な糸を引く白濁を、冴島がじっと見つめている。その瞳に宿る光に冴島の雄を強く感じ、拓真は羞恥と同時に激しい興奮を覚えた。

「早く……来て」

誘う声が濡れている。冴島は喉仏を上下させ、素早く上半身の着衣を脱ぎ捨てた。

――うわあ……。

五年もマネージャーをしてもらっていたのに、冴島の素肌を目にしたのは初めてだった。四季を問わず鎧《よろい》のように身に纏っている上質なスーツの下に隠されていたのは、無駄のない筋肉に覆われたアスリートのような裸体だった。

「俺の身体に興奮したのか」

「……え」

「また勃起してきたぞ」

卑猥な言葉を口にしながら、冴島はふたたび拓真に圧しかかってきた。

「なっ……あ、あぁ……や、だ……」

反論する間も与えず、冴島は拓真の白い肌に唇を這わせた。

「あぁ……ん……っ……」

首筋から鎖骨、胸元、脇腹へと、冴島は容赦なくキスの雨を降らせる。時々いたずらするように甘噛みされ、拓真はそのたび甘い嬌声を上げて身体を震わせた。

「く、くすぐったい……」

「くすぐったいだけじゃないだろ?」

意地悪な笑みを浮かべ、冴島は拓真の右胸の粒をちゅうっと強く吸い上げた。

「あ、やっ、そこ……あぁ……ん」

嫌だと言っているのに、冴島は空いた手で左の粒をくりくり捏《こ》ね回す。

「あ……や、だぁ……」

「嫌なのか?」

「だって……すごく、感じちゃう……から」

感じすぎて涙が溢れてしまう。仕事ではどんな辛いことがあっても、泣くことなど滅多にないのに。

「感じすぎて辛いのか。可哀《かわい》そうに」

口ではそう言いながら、冴島は愛撫《あいぶ》の手を止めない。右の粒を吸い、甘噛みし、舌で転がしながら、左の粒をこれでもかと弄《いじ》る。

「や、だ……冴島さっ、もうっ……ああっ！」

拓真はたまらず、二度目の絶頂を迎えてしまう。

「あ……んっ……っ……」

全身を硬直させて吐精する拓真を、冴島はどろりと蕩けそうな目で見つめている。

「乳首だけでイッたのか」

呟く冴島が少し嬉しそうなのは気のせいだろうか。死にたくなるほど恥ずかしいのに、身体はもっと深い快感を求めてしまう。

「可愛いよ、拓真」

吐息に混ぜるように囁きながら、冴島は拓真の両膝を左右にぐっと割った。そして白濁に塗《まみ》れた中心を、愛おしむように指先でぬるりとなぞった。

「あぁ……んっ……」

触れたのが冴島の指だと思うだけで、拓真の後孔からはどろりと濃い体液が溢れる。身体の真ん中が引き攣れるように疼いて、挿れてほしくて我慢できなくなる。

「冴島さん……早くっ」

「早く、どうしてほしいんだ」

わかっているくせにそんなことを訊く。けれど拓真には意地悪を詰る余裕などなかった。

「後ろに……挿れて、冴島さんのをっ」

うわ言のように拓真は訴える。

「冴島さんので、おれの奥、ぐちゃぐちゃに、してっ……」

自分が放った台詞に煽られ、拓真はまた急速に高まっていく。蕩けた瞳で見上げると、冴島が眉根を寄せて小さく舌打ちした。

「優しくしてやるつもりだったのに」

「優しく、なくてっ、いいからっ」

早く。早く繋がりたい。一番奥の、深い深い場所で。

冴島は拓真の腰の下に素早く枕を差し入れると、両膝を一層広く左右に開いた。

「きれいだ……」

「や……あぁ……」

恥ずかしさで溢れた眦に、冴島は優しいキスをくれた。そして拓真自身さえ触れたことのない秘孔に、ぬぷりと指を差し込んだ。

「あ……ぁ……っ」

「すごく柔らかい……これなら馴らさなくても大丈夫そうだな」

ひとりごとのように呟くと、冴島は下半身の着衣を乱暴に脱ぎ捨てた。

――うわあっ……。

猛々《たけだけ》しくそそり立つ中心に、拓真は思わずゴクリと喉を鳴らした。どこか少年っぽさの残る拓真とはまるで違う。成熟した大人の男のそれは、形も大きさも比較にならないほど凶暴だった。

「挿れるぞ」

冴島の手が拓真の双丘を割る。凶器の先端が、濡れた秘孔の入り口に押し当てられる。

「……っ……ああっ」

想像をはるかに超える力で蕾《つぼみ》がこじ開けられていく。

「あぁ……くっ……っ……」

圧倒的な質量がめりめりと挿入される感覚に、全身にぞわりと鳥肌が立つ。

「大丈夫か」

「……じょぶっ」

痛みと快感がらせん状になって拓真の全身を貫く。ぬぷ、と卑猥な水音を立てて入ってくる冴島の熱は、痛くて苦しかったけれど、それを超越する快感と幸せを与えてくれた。

「……拓真っ……」

狭い器官に圧迫されて、冴島も苦しいのだろう。怜悧に整った眉間の皺が深くなる。

「……あぁ……っ……やぁ……」

「冴島さっ……奥、までっ……あああっ」

ずぶり、と強烈な衝撃が全身に走る。拓真はシーツを握りしめて白い喉を反らせた。

「届いたぞ」

「……え」

「一番奥に」

「冴島さんと……ひとつになれたの?」

冴島は「ああ」と頷き、世にも優しいキスをくれた。

「……っ……んっ……」

繋がりながらするキスは、世界中のスイーツを集めたような甘さだった。

――おれ、今人生で一番幸せだよ、冴島さん。

これ以上欲しいものは何もない。何もいらない。そう思ったのに。

「拓真、好きだ」

キスの合間に冴島が囁いた。快感の渦の中で、拓真はひと時覚醒する。

「……うそだ」

「うそじゃない」

「絶対にうそ――んっ……」

唇を封じられ、拓真は混乱する。冴島が自分のことを好きだなんて、そんな都合のいいシチュエーション、あるはずがない。

「これ……もしかして夢？」

夢なら醒《さ》めないでと願わずにはいられない。

「夢じゃない。おれはお前を愛している」

拓真はひゅっと息を呑んだ。

「ずっとお前が好きだった。それなのに俺は」

冴島は苦悩の表情を浮かべ、唇を噛んだ。

「もっと早く自分の感情に向き合えていたら、もっと正直になっていたら、お前をあんな危険な目に遭わせることはなかった。俺の弱さのせいで……ごめんな、拓真」

拓真はふるんと頭を振った。どうやら夢ではないらしい。

「冴島さんは弱くなんかない。だって」

拓真は冴島の左腕に滲んだ血の跡に触れた。乾いてはいるが、傷はまだ生々しい。

「冴島さんはいつだっておれを守ってくれた。冴島さんがいてくれたから、おれ、今日まで生きてこられたんだよ？」

十五歳のあの日、自分はどこへ向かおうとしていたのだろう。冴島と出会わなければ、一体今どこで何をしていたのだろう。

「おれも、冴島さんが好き。大好き。とっくに知ってたと思うけど」

初めて口にした思いに、冴島が「ああ」と微笑む。

「拓真、俺の番になってくれるか？」

「……え」

「俺はお前と番になりたい」

「冴島さん……」

どうしよう。幸せすぎて思考がついていかない。すぐに返事をしない拓真を不安に感じたのだろう、冴島が不安げに「嫌か？」と尋ねた。冴島の自信なさげな顔を見るのは初めてで、拓真はちょっとおかしくなる。

「まさか。おれも、番になりたい。ずっとなりたかったんだ」

「拓真……」

拓真のほっそりとした身体を、冴島が力いっぱい抱きしめる。冴島の匂いを強く感じ、繋がった部分が熱く疼いた。中の冴島がぐっと質量を増すのがわかった。

「拓真、うつ伏せになれ」

そう言って冴島は、繋がったまま拓真をくるりとうつ伏せにした。冴島の顔が見えなくなり心許なくなるが、背中から抱きしめる腕の温もりが、すぐに不安を消してくれた。

「動くぞ」

冴島がゆっくりと腰を動かす。

「あ……ぁ……そこっ……」

太い先端が、拓真の中の気持ちのいい場所を擦り上げる。そのたび拓真の喉元からは、泣き声のような嬌声が上がった。

「ここがいいのか？」

「すご……いっ……気持ち、いいよぉ……」

最奥に近い場所をぐりぐりと抉られ、あまりの快感に何も考えられなくなる。

「拓真……拓真っ」

「冴島さん……」

薄い粘膜をこれでもかと擦り合わせながら、互いの名前を呼ぶ。

「……あぁ……溶ける……溶けちゃうよぉ……」

「こっちも欲しそうだ」

冴島は後ろから回した手で濡れそぼった拓真の中心を握ると、上下に擦りたてた。同時に奥をずんずんと激しく突かれ、目の前に火花が散った。

「やぁっ、ダメ、そこ、したらっ……あぁっ……」

「拓真……噛むぞ」

行為の最中にアルファがオメガの項にあるフェロモン分泌腺を噛むことで成立する『番の儀式』。それを経てふたりはようやく番になれるのだ。

絶頂の一歩手前で、拓真は小さく頷く。首筋にズキンと鋭い痛みが走った。

その瞬間、身体中の血液が沸騰したように全身が熱くなる。

冴島の抽挿が激しくなる。

「あぁっ……あっ、もうっ……イきそっ……」

冴島が掠れた声で「イッていいぞ」と囁く。

「あっ、ひっ……あぁ――っ！」

シーツをぎゅっと握りしめ、拓真は果てた。三度目だというのに、最初の二回とは比べ物にならないほど吐精は長く続いた。

「……拓真っ……くっ」

少し遅れて、最奥に冴島の欲望が叩きつけられるのを感じた。

――これで、冴島さんと番に……。

背中に覆いかぶさってくる愛しい重みを抱きしめながら、拓真はひと時意識を手放した。

「拓真……拓真」

頰を優しく叩かれて意識が戻ってくる。ゆっくりと目を開けると、心配そうに覗き込む冴島の顔があった。ぼんやりとしていた頭が、靄が晴れるみたいにはっきりしてくる。

「大丈夫か」

うん、と頷き上半身を起こすと、冴島が気遣うように背中に手を添えてくれた。「気分はどうだ」と尋ねられてハタと気づく。

「信じられない。ヒートが収まってる。もう本当に、全っ然なんともない」

あれほどの激しい発情が、まるで何事もなかったかのように収まっているのだ。興奮気味に訴える拓真に、冴島は「そりゃそうだろ」と苦笑した。番の儀式を済ませた拓真は今後ヒートに陥ることはないし、フェロモンを発することもない。

「おれ、冴島さんだけのものになったんだね」

「俺も、お前だけのものだ」

ふわりと抱きしめられ、ようやく実感が湧いてきた。しかし幸せに浸っているわけにはいかなかった。

「冴島さん、おれ聞きたいことが山ほどあるんだけど」

「なんなりと」

「まずなんで冴島さんがロケの現場にいたの？　なんでおれがあの小屋に監禁されている

ってわかったの？　あと、あの沢辺っていうADはどうなったの？　それから——」

「待て。質問はひとつずつにしてくれ」

捲《まく》し立てる拓真を、冴島が両手を振って遮る。

「まずはこれを返す」

冴島が差し出した手に乗っているものを見て、拓真は「あっ」と声を上げた。

「ロザリオ……これ、どこに？」

「あの山小屋に向かう小道の途中に落ちていた」

冴島がロケ現場に到着するや、重森が『拓真の姿が見えない』と慌てた様子で駆け寄ってきた。聞けば沢辺というアルバイトADも一緒に姿を消したという。冴島はすぐにピンときた。以前彼が拓真の失くしたタオルを持っていたことを思い出したのだ。

拓真が危ない。冴島はすぐにスタッフを集め、ふたりの捜索を開始した。木立の間から山小屋らしきものが見え、念のためにと近づいていくと小道に光るものが見えた。拾い上げたそれが拓真のロザリオだとわかった瞬間、冴島は小屋に向かって駆けだしていた。

「ドアの隙間からフェロモンが漏れてきていて、それで確信した」

「そうだったんだ」

「本当はタオルを持っていた時点であいつを疑うべきだったんだ。俺の失態だ」

冴島は苦いものを噛み潰したように眉根を寄せた。

「重森さんが警察に連絡してくれたそうだ。現行犯逮捕されたと、たった今電話があった」

それを聞いて拓真はひとまず安堵する。あんな恐怖を味わうのは二度とごめんだ。

「それからなぜ俺がロケ現場にいたのかだが……実はお前を危機から救ったのは俺じゃない。大翔だ」

「え、大翔くん？」

冴島は大きくひとつ頷くと、事の経緯を話してくれた。

昨日のことだった。帰宅した冴島は、大翔に元気がないことに気づいた。

『パパは今までとは別のお仕事をすることになったんだ。だからこれからは拓真にはあんまり会えないんだ』

三週間前、異動のことを告げた際、大翔はひどくがっかりした様子だった。駄々をこねて冴島を困らせるようなことはなかったが、じっと我慢している様子に胸が痛んだと冴島は表情を曇らせた。

しかし昨夜の大翔は我慢を通り越し、あからさまに塞ぎ込んでいた。心配になった冴島が理由を尋ねると『ほいくえんで、リョウくんとけんかした』と答えたという。

「友達と取っ組み合いになったっていうんだ」

「大翔くんが取っ組み合い？」

拓真は目を見開いた。引っ込み思案で大人しい性格の大翔が、取っ組み合いの喧嘩《けんか》だなんて。想像することすら難しかった。

「俺も驚いた。けど理由を聞いて納得した」

『だってリョウくん、パトローラーなんて古いって言ったんだもん。ぜんぜんかっこよくないって……』

よほど悔しかったのだろう。大翔の目から大粒の涙がほろほろと零れた。

『それでリョウくんのこと、叩いちゃったのか』

『うん。そしたらリョウくんもたたいてきて』

ついには取っ組み合いになったのだという。

「なるほど、それで」

大翔にとってパトローラーがどれほど大切な存在なのか、拓真にもよくわかる。幼くして両親を交通事故で亡くし、小さな接触事故を目にしただけで嘔吐してしまうくらい心に深い傷を負っていた大翔にとって、パトローラーは何よりの心の拠り所なのだ。それを貶《けな》されたのだから、どれほど悔しく悲しかったかは想像に難くない。それほどまでにパトローラーを愛してくれる大翔が、愛おしくてたまらなかった。

『でも先に手を出したのはよくなかったな』

『うん。ごめんねって言ったけど、リョウくんゆるしてくれなかったの』

『リョウくんと仲直りしたいのか?』

『うん。でもどうしたらいいのかわかんないの』

冴島は、息子の濡れた頬を指で拭ってやることしかできなかった。

『拓真くんに会いたい……』

大翔がぽつりと呟いた。ずっと我慢して、子供なりに必死に封印してきた台詞が、つい零れ出してしまったのだろう。

『パトレッドだったらどうするのか、拓真くんにおしえてもらいたい』

じゃあ明日来てもらおう。そんなふうに答えてやれたらどんなによかっただろう。冴島は自分の無力さを呪《のろ》った。

『大翔の気持ちはきっとリョウくんに通じる。だから勇気を出して明日もう一回謝るんだ』

うん、と頷いたものの大翔に笑顔はない。

『そんな顔するな。パパが勇気と元気のチャージをしてやるから』

冴島は大翔の身体をぎゅっと強く抱きしめた。何度も抱きしめながら頬にキスの雨を降らすと、大翔は『パパ、くすぐったい~』とようやく笑ってくれたという。

『チャージできたか?』

『うん。できた』

ごしごしと拳で涙を拭うと、大翔はその小さな両手をいっぱいに広げ、冴島の身体を包み込むように抱きしめた。

『お、おい、どうしたんだ』

『ぼくもパパにげんきのチャージしてあげる』

その言葉に、冴島はハッとしたという。

「『だからパパもげんき出してね』って言われて、ドキッとした」

拓真の担当を外れてからというもの、まるで気鬱のおばけに取りつかれたようだったと、冴島はため息混じりに言った。

「仕事だけは淡々とこなしていたけれど、頭の中はお前のことでいっぱいだった。自分から言い出したことなのにな」

情けないだろ、と冴島が自嘲の笑みを浮かべた。

「大翔の前でだけはいつも通りにしていたつもりだったのに、気づかれていたとは」

「子供って、案外鋭いからね」

冴島は「まったくだ」と深く頷いた。

「夜になって、大翔が手紙を持ってきた。『あした拓真くんにわたして』って」

そのうちなと冴島は答えたが、大翔は明日でなければダメだと駄々をこねたという。

「絶対に明日渡してくれと、珍しく言い張って。——これだ」

冴島が差し出した封筒に、拓真は違和感を覚えた。表面が不自然に波打っているのだ。大翔がいつも封かんに使っているパトローラーのシールも、なんだか粘着力が弱い。

「なんか……ヨレヨレ?」

「実はちょっとアクシデントがあって」

冴島はバツが悪そうに頭を掻いた。

このところ酒なしでは眠れなくなっていた冴島は、昨夜も深酒をしてしまった。深夜に水を飲もうとしてうっかりグラスを倒し、大事な手紙を濡らしてしまったのだという。子供とはいえ他人の手紙を開けるのは気が引けたが、急いで乾かさないと紙同士がくっついてしまう可能性があった。

「ドライヤーで乾かしながら、結局読んでしまった。すまない」

冴島は頭を下げた。謝罪の半分以上はここにはいない大翔に対してのものだろう。

「読んでやってくれるか」

「もちろん」

拓真は頷き封を切る。鉛筆で書かれた文字は、幸いほとんど滲んでいなかった。

【たくまくんあいたい。すごくあいたい。またあそびにきてね。どうやったらゆうきがでますか。もいっかい、おしえてください。だいすきなたくまくんえ　ひろと】

「大翔くん……」

拙いからこそ、ヒリヒリと痛いほどに伝わってくる。大翔の叫びのような手紙を、拓真はぎゅっと胸に抱いた。

大翔は一体どんな気持ちでこの手紙を綴ったのだろう。友達との喧嘩など日常茶飯事だという子もいるだろうが、大翔は違う。心に傷を持つ彼にとっては、友達に声をかけるという至極単純な行為ですらとてつもなく高いハードルなのだ。

大切なパトローラーをバカにされたショックと、カッとなって手を出してしまった自分への自責の念に、幼い心は押し潰されそうになっているに違いない。

「アクシデントのおかげで、俺はあいつの思いがどれほど切実なものだったかを知ることができた」

大翔の思いを届けるため、冴島は急遽《きゅうきょ》午後休を取ってロケ現場に向かったのだという。

「この手紙のおかげで、俺は危ないところを冴島さんに助けてもらえたんだね」

「そういうことになるな」

大翔への愛おしさが溢れ出す。拓真はもう一度手紙を胸に抱いた。

「会いたいな」

「……ん？」

「大翔くんに。今すぐ会って抱きしめてあげたい」

涙を浮かべる拓真に、冴島は「ありがとうな」と優しい笑みをくれた。

「そのお友達とは、ちゃんと仲直りできたのかな」

「いや、まだだ。今日は保育園を休ませたからな」

朝一番に、都内にある冴島の実家に預けてきたのだという。泊まりがけのロケの際など、冴島は自分の両親に大翔を預ける。血の繋がりはないけれど、ふたりとも大翔を連れていくと大喜びしてくれるという。ありがたいことだよと、以前冴島は言っていた。

「どうして大翔くんを実家に？」

「決まっているだろ。ひと晩かけてお前を口説き落とすつもりだったんだ」

思いがけない情熱的な台詞に胸をキュンと刺激され、拓真はポッと頬を染める。

「お前に会えない毎日は、恐ろしいくらい味気なかった。何を食べても味がしない。何を見ても心が動かない。なんのために生きているのかわからなかった。大翔の手紙は、期せずして俺の気持ちを代弁してくれていたんだ。俺もお前に会いたい。すごく会いたいと思った。お前以上に大事なものなんてこの世にありはしないと、ようやく気づいた」

「冴島さん……」

「お前を守ってやるなんて格好いいことを言っていたけれど、結局のところお前を他のアルファに近づけたくなかったんだ。俺だけのお前でいてほしかったんだ。そういう了見の狭い男なんだよ、俺は」

自嘲の笑みに載せて紡がれる冴島の思い。幸せすぎて、嬉しすぎて、俄には信じられない。目頭を熱くする拓真に、冴島は傍らにかけた上着から何かを取り出した。

「これって……」

差し出されたのは『辞表』と表書きされた白い封筒だった。なぜか真っ二つに引き裂かれている。

「今朝、社長に提出した」

自社所属の俳優と特別な関係になることは、決して許されないと冴島は考えていた。拓真と番になることを決めた時、同時に辞表を出す覚悟を持ったのだという。

「社長は、なんて？」

「不機嫌丸出しだった。あれは相当怒っていたな」

それはそうだろう。ふわふわとしていた心が、一瞬のうちに萎《しぼ》んだのだが。

「俺が気づいていないとでも思ったのか、ってさ」

「へっ？」

「『今お前に辞められたら法務部は空中分解だ。そんなこともわからないのか』って、目の前で破られた」

「そ、それじゃ、おれたち、今日から社長公認のカップルってこと？」

冴島が「ああ」と微笑みながら頷く。

「ただし世間に公表するのはしばらく控えてくれ、とのことだ。異存は？」

「ない！　あるわけない！」

拓真はぶんぶんと首を振り、目の前の冴島に抱きついた。

「嬉しい……夢みたいだ」と拓真は涙声で呟く。

「長い間待たせてごめんな」

優しく後頭部を撫でられ、拓真は濡れた頬を冴島の胸にこすりつけた。

「冴島さんちに初めて遊びに行った時、冴島さんが大翔くんにハグしているのを見て、なんかちょっと複雑だったんだ」

「どうして」

「大翔くんにするハグもおれにするハグも、冴島さんにとってはきっと同じなんだろうなと思って」

励ましてもらえるだけでもありがたいと思わなくちゃ。これ以上望むのは贅沢だと、何度も自分に言い聞かせた。

「バカだな、同じなわけがあるか。お前をハグする時は、毎回直前に深呼吸しなくちゃならなかった。脳内に渦巻く煩悩と罪悪感を振り払うためにな」

ハグの直前に冴島がする深呼吸に、そんな理由があったとは。

「そうだったんだ……おれ、てっきりあの深呼吸は『仕方ないな』っていう意味だと」

「仕方なしにハグなんてしない。ところで拓真」

冴島がハグを解く。鼻の頭が触れそうな距離で見る冴島は、やっぱりものすごく格好よくて、拓真の心臓は性懲りもなくまたトクトクと駆け足を始める。

「質問には全部答えたぞ。他に訊きたいことは？」

「訊きたいというか……冴島さん、おれが『友達と会う』ってうそをついて、佐野宮さんと会っていたんじゃないかって誤解してたでしょ」

「ああ。地の底まで落ち込むほどショックだった」

「実はさ、あの日は」

「シッターの彼に会いに行ったんだろ？」

言い当てられて、拓真は目を丸くする。

「知ってたんだ」

「この間偶然、白坂さんと話す機会があってな」

あの日のことをすべて聞いたのだという。誤解が解けたとわかり、拓真はホッとした。

「うそつきよばわりして悪かった」

「本当だよ。めっちゃ傷ついたんだから」

冴島はふっと笑い「ごめんな」と額にキスをくれた。

「楓太くんに、抑制剤のことを相談したかったんだ」

拓真はこのところ抑制剤の効果が薄れてきていたことを打ち明けた。すると冴島が、意外なことを口にした。

「それについて、この間興味深い論文を読んだんだ」

抑制剤を飲んでいたのにヒートに陥った。拓真の身体に何か異変が起きているのではと心配になった冴島は、さっそく第二の性に関する研究誌を取り寄せたのだという。

「互いに惹かれ合うアルファとオメガが、不自然な形で番になることを拒否する状態が続くと、抑制剤の効果が薄れていくことがあると書かれていた」

「それって……」

「互いに惹かれ合う。まさに俺とお前だな」

冴島が頬をすり寄せてくるから、拓真の身体はまた熱を帯びてしまう。

「他には？」

拓真はふるんと頭を振った。

「じゃあ俺からもひとつ質問」

「何？」

「今すぐ帰るか、それとも――」

もう一回する？

囁くように尋ねられ、拓真は耳まで赤く染め「後者で」と答えたのだった。

晴れて冴島と番になって初めての休日となったこの日、拓真は冴島父子《おやこ》を誘ってとある場所へ出かけた。近年では世界的に、番になることは家族になることとほぼ同義語として扱われている。拓真には、新しい家族ができたらいの一番に訪れたい場所があった。

「わあ、すっごくきれい！」

色とりどりのステンドグラスを見上げ、大翔が感嘆の声を上げた。

「ああ、本当にきれいだな」

冴島が大翔の頭をくりっと撫でた。

最寄り駅から歩いて十五分。三人が足を止めたのは、拓真が年に数回訪れているあの小さな教会の前だった。日曜礼拝が行われているらしく、建物の中から厳かな讃美歌が漏れ聞こえる。拓真たち三人は中に入らず建物の裏側に回った。敷地の奥は小さな公園のようになっていて、遊具こそないが子供が走り回れるくらいの広さがあった。

「あ、チョウチョだ！　まってぇ、チョウチョさ～ん！」

大翔がさっそく駆けだした。拓真は冴島と顔を見合わせて微笑み、敷地の片隅に設えられた古いベンチに並んで腰を下ろした。

「実はおれ、冴島さんの目を盗んで時々ここに来ていたんだよね。電車に乗って」

叱られるのを覚悟で打ち明けたのだが、冴島は眉ひとつ動かさなかった。

「知っている」

「えっ」

「俺の目を盗めていると本気で思っていたのか。お前の行動はすべてまるっとお見通しなんだよ」

ドラマの台詞みたいなことを言う敏腕マネージャーに、拓真の目はまん丸になった。

拓真のマネージャーになってほどない頃のことだった。冴島は拓真が帰宅後どこかへこそこそと出かけていることに気づいた。心配になり、機会を見て後をつけてみることにしたのだが。

「まさか教会だとは思わなかった」

「どっかに遊びに行ってると思った？」

「そうは思わなかったけど、お前を守ってやれるのは俺しかいないと思っていたからな」

以来冴島は、拓真が教会に向かうと気づくや、同じ電車の別の車両に乗り込み、不測の事態に備えていたのだという。

「全然気づかなかった。てか冴島さん過保護」

「過保護なもんか。この間もファンらしき女子高生に接近された挙句、アルファっぽい男とニアミスしてただろ。心臓が潰れるかと思ったぞ」

よもやあの日も見守られていたとは。敏腕マネの行動力に、拓真は舌を巻く。

『心配するな。お前が一人前の役者になるまで、どんなことをしてでも俺が守ってやる』

ずっと心の支えだったあの約束を、冴島も覚えていてくれたことが嬉しかった。

「初めてここに来たのは、両親が死んで間もない頃だったたんだ」

自分の身に降りかかった不幸に打ちのめされ、立ち上がる気力すら失くしていた拓真に、老神父は『よかったら持っていきなさい』とロザリオをくれた。

そのロザリオを握りしめ、もし神さまがいるのなら家族が欲しいと拓真は祈った。冴島と出会い、恋をして、脳裏に浮かぶ家族は亡き両親から冴島父子に代わっていったけれど、どちらにしても叶わない願いだと思っていた。やさぐれそうになったことも幾度となくあった。けれどあの日の神父がかけてくれた言葉を、拓真は今日まで一度たりとも忘れたことはない。

『毎日を、生きるんだ。一生懸命じゃなくてもいい。ただ生きるんだ。それだけでいい』

「あの頃おれ、両親が死んだのは自分がいい子じゃなかったからかなって、心のどこかで思ってた。だから神父さまに『ただ生きているだけでいい』って言われて『そっか、おれ、生きていていいんだ』って」

胸のロザリオを握りしめると、冴島がそっと肩を抱いてくれた。

「あの時のお前は、この世の終わりかってほど暗い目をしていたな。真冬の湖みたいな。でも……ぞっとするほどきれいだった」

「だから声をかけてくれたの？」

「運命を感じたんだ」

「……運命」

それは拓真にとって、長い間憧れていたフレーズだった。

もし本当ならどんなに幸せだろう。過った思いをしかし、すぐに否定する。この出会いが運命だろうとなかろうと今はもう関係ない。

冴島と結ばれ、番になれた。家族になれたのだ。それだけで十分だ。

「なんて言うと、またクサイって言われるんだろうな」

「クサイ冴島さんも、実はおれ、大好き」

心の中でしか言えなかった台詞を、これからは存分に伝えられる。冴島はちょっと照れたように「バカ」とそっぽを向いてしまった。

ふと横顔に視線を感じ、建物の方に目をやった。するとほんの少しだけ開いた窓から老神父が覗いているのが見えた。礼拝が終わったらしい。

拓真は立ち上がり会釈をする。冴島も倣《なら》うように立ち上がり、小さく頭を下げた。老神父はすべてを察したように、笑顔で何度も深く頷いた。

本当によかったね。幸せになるんだよ。そんな声が聞こえてきそうな、陽だまりのような笑顔だった。

「幸せにするよ、拓真。約束する」

神父の姿が見えなくなると、長い腕が背中に回ってきて、ふわりと優しく抱き寄せられた。見上げた瞳は、穏やかな光に満ちていた。

「おれも、冴島さんのこと幸せにする。約束する」

「幸せになろうな。三人で」

蝶《ちょう》を追って無心に駆け回る大翔を見やりながら、そっと唇を合わせる。

「……んっ……」

甘いキスに身を任せながら、拓真は胸の中で呟く。

──神父さま、神さまはちゃんと見ていてくれたみたいです。

「冴島さんってさ、見た目によらず体温高いよね」

「そうか?」

「うん。すごくあったかい」

胸に頬をすり寄せると、背中を抱く冴島の腕にきゅっと力が込められた。

この人体温低そう。初対面の感想を、冴島は見事に裏切ってくれた。

「チョウチョさ〜ん、まってよぉ〜」

爽やかな風が、大翔の髪をさらさらと靡《なび》かせていた。

あとがき

こんにちは。または初めまして。安曇ひかると申します。

このたびは『アルファな敏腕マネジャー様のわかりにくい過保護な溺愛について。』をお手に取っていただきありがとうございます。前作同様タイトルがめっちゃ長いです。どんどん長くなっていって、「寿限無寿限無」的な長さになってしまったらどうしようと思うと心配で眠れません。嘘です。

さてさて、敏腕有能なのにごっつ堅物なマネ（アルファ）と、難攻不落と知りつつ彼に長い片思いをしている若手人気俳優（オメガ）の、ちょっとややこしくて面倒くさい恋物語、楽しんでいただけたでしょうか。「ああもうっ、ふたりとも何やってんのよっ」と、突っ込みながら激しくもだもだしていただけたら嬉しいのですが。ドキドキです。

前作をお読みいただいた方はお気づきだと思いますが、『アルファな俳優様のおうちで住み込みシッターはじめました。』の世界観を踏襲しております。あのトップ俳優と黒髪眼鏡のキッズシッター、そして可愛い双子ちゃんたちにも登場してもらいました。冴島の息子の大翔と双子は同い年です。執筆中「三人で遊ぶことになったらどんな会話をするんだろう」と妄想していました。公園とかで真剣にダンゴムシ集めをする五歳児三人を想像しただけで、ほんわか幸せな気分になれます。

らくたしょうこ先生。前作に引き続き本作でも見目麗しいイラストをありがとうございました！「冴島、足、長いですねえ（うっとり）」「本当に長いですねえ（うっとり）」という会話が、担当さんとの間で幾度となくあったことをご報告申し上げます。クールでスタイル抜群の冴島に心臓ぶちぬかれました♡　本当にありがとうございました。

末筆ではございますが、本作を手にしてくださったみなさまと制作にかかわってくださったすべての方々に、心より感謝・御礼申し上げます。ありがとうございました。

またどこかでお目にかかれることを願って。

二〇二三年　八月

安曇ひかる

安曇ひかる先生、らくたしょうこ先生へのお便り、
本作品に関するご意見、ご感想などは
〒101-8405
東京都千代田区神田三崎町2-18-11
二見書房　シャレード文庫
「アルファな敏腕マネージャー様のわかりにくい過保護な溺愛について。」係まで。

本作品は書き下ろしです

CHARADE BUNKO

アルファな敏腕《びんわん》マネージャー様《さま》のわかりにくい過保護《かほご》な溺愛《できあい》について。

2023年10月20日　初版発行

【著者】安曇《あずみ》ひかる

【発行所】株式会社二見書房
東京都千代田区神田三崎町2-18-11
電話　03(3515)2311［営業］
　　　03(3515)2313［編集］
振替　00170-4-2639
【印刷】株式会社 堀内印刷所
【製本】株式会社 村上製本所

落丁・乱丁本はお取り替えいたします。
定価は、カバーに表示してあります。

ISBN978-4-576-23113-6

https://charade.futami.co.jp/